金牌小说

Awarded Novels
长青藤国际大奖小说书系

明天会有好运气
THE THING ABOUT LUCK

〔美〕辛西娅·角畑 著　柳漾 译

云南出版集团　晨光出版社

明天一定会有好运气

自那部著名的《麦田里的守望者》风靡世界后，麦田与成长仿佛就有了永恒的象征联系。在这部荣获美国国家图书奖金奖的《明天会有好运气》里，女孩萨默的故事有着真实的麦田芬芳的味道。

萨默一直与麦田有着不解之缘。外公外婆从日本移民到美国后，建立起了一个包括萨默的爸爸妈妈、萨默以及弟弟杰斯的家庭。到老了英语也说不是太标准的他们，一直做的都是夏天里替别人收割麦田的工作。在萨默12岁这年，一家人遇到了前所未有的坏运气：留在日本的亲戚病重，萨默的爸爸妈妈必须回日本去照顾，无法正常工作；外公外婆已年迈，身体一个比一个虚弱；弟弟杰斯因为先天性的成长障碍，在学校交不到一个朋友；而萨默自己，刚刚从一场由蚊子引起的疟疾中死里逃生。

这注定不是一个轻松的暑假。妈妈说，这个暑假会是班上所有人变化最大的一个时期，可萨默没有办法跟同学们在一起了，等待她的将是一英亩一英亩绵延不尽的金黄麦田。为了维持一家的生计，外公外婆重操旧业，一个开联合收割机，一个给收割队做饭，带上萨默和杰斯，踏上了一路往北收割麦田的旅程。

这是一段异常艰辛的旅程，途中萨默慢慢地感受到了妈妈所说的那份变化。之前一直自问自己是好是坏，自己为什么偏偏会生活在这里，自己为什么是世界上最平淡无奇的人，自己到底愿不愿意长大等等。她的这些追问和思考都在旅程中渐渐变得明晰：在与蚊子的对抗中，明白了当下的珍贵；在和弟弟杰斯的相处中，在不完美中发现了美；在和外婆不断的争吵中，理解了爱的另一种表达方式；在外公的故事里，获得了平静的力量；在懵懂又短暂的初恋里，明白了比爱更大的东西。所以在重压到来的时候，在被最惧怕的蚊子叮了一口的时候，萨默内心的思考和挣扎终于在压力之下变成了强大的力量。外婆说，压力是这个世界上最强大的力量。而在萨默这里，是爱和责任让压力变成了力量。"每个人的内心都有各种各样的东西，它们大都只有在适当的条件下才会显现出来。"这份显现的力量让萨默性格中的尘埃开始落地，恐惧也消失了，取而代之的是直面困难的信念和勇气。

　　虽然不能代替杰斯交朋友，不能代替外婆承受背上的痛，也不能完成父母想要创业的梦想，但是萨默正在全身心地把力所能及的事情做好。巨大的联合收割机驶过麦田，轮子旋转的声音，集谷箱装满的声音，完美卸货的声音，回荡在一望无际的麦田和布满星星的夜空之中。看一眼始终陪伴在身边的小狗闪电，萨默在这朴实、艰难而又熟悉、安全、充满希望的生活中找到了属于自己的人生之美。

　　作者辛西娅也是日裔美国人，她非常了解萨默一家在美国生活的细节，也了解他们生存的每一步的艰辛。她细腻真挚的文风，将这种身份所带来的漂泊感描绘得真实可见，贫穷、窘迫、挣扎可见，贯穿在这其中的勇气、顽强和希望也清晰可见。

　　谁都不能轻易躲开迎面飞来的坏运气，谁都不能拒绝前方困难的出现，但是这些经历最终都会变成积淀。积淀多一点，面对明天的勇气和从容就会多一点。压力不会停止向你飞来，内心的思考和挣扎也不会停止，同样象征希望的好运气也不会避开你。活在当下，相信明天一定会有好运气！

目录
Contents

THE THING ABOUT
LUCK

魔力无处不在，
在麦田里，在蚊子身上，甚至是在这里！

第一章
关于运气的事

这真的不公平——我才十二岁，就对外面的整
个世界都充满恐惧。

——萨默

Kouun（こううん）在日语里表示"好运"，有一年，
我们家从没和它打过照面。那年我们因为霉运吃尽了苦头。
霉运紧紧跟着我们，也在嘲弄我们的生活：不过六个星期，
我们家的车胎就爆了七次；全年整个美国不过一千五百例
疟疾患者，我就是其中一例；我外婆的脊椎也将她折磨得痛
苦不堪。

此外，随时都会出现这样或那样的坏运气。比如我的弟
弟杰斯，他开始因为没人和他一起玩耍而苦恼不已。除了我
们，谁也没注意到他。他最好的伙伴搬走之后，他就发现再
也没有一个男孩可以混在一起。就连我们的表兄弟姐妹，在
一年一度的圣诞派对上都对杰斯视而不见。其实，他们并不
是有意冷落杰斯，只是根本就没注意到他。

关于运气的事，感觉就像发烧，你可以吃点儿退烧药，
或者躺在床上，或者喝点鸡汤，或者连续睡上十七个小时，

差不多都能让你勉强退烧。

四月上旬，我的父母接到了来自日本的电话。三个年迈的亲戚行将就木，希望我的父母回国去照顾他们，陪伴他们度过剩下的日子。这没什么值得大惊小怪的，那一年我们家的运气就是这样。4月25日，外公外婆带着杰斯送爸爸妈妈去机场搭乘飞往日本的飞机。我待在家里，因为我患的疟疾又叫做"机场疟疾"。据说，这种疟疾的罪魁祸首是一种流浪蚊子，一架喷气式飞机无意之中将它们从非洲带到了美国。被感染的蚊子几乎见人就咬，去年暑假我在佛罗里达州就被叮了一下。而在我所住的堪萨斯州，去一趟机场，患疟疾的概率应该微乎其微，但我还是很恐惧蚊子，甚至很多时候我都不敢跑到屋外去。这真的不公平——我才十二岁，就对外面的整个世界都充满恐惧。

20世纪40年代，美国发现了成千上万例疟疾患者。然后，到了50年代，很多专家都以为当地的疟疾已经根除，但时不时又总会发现有人患了疟疾。有时候，你会发现你的照片就这样上了报纸——我的照片甚至出现在《时代》杂志上。

欧巴酱和欧吉酱[1]，我的外婆和外公，他们俩都六十七岁了，和我们一起住在堪萨斯州的利特尔菲尔德。叫"欧巴

---

[1] 欧巴酱和欧吉酱：日语中"外婆/奶奶"和"外公/爷爷"的意思，此处为音译。如后文所说，称呼时加"欧"字比不加更为正式。

酱"远比叫"巴酱"正式，不过，她就是想让杰斯和我这么称呼她。

五月是我们忙碌的一年中的收获季节。吉酱准备复出，为一家提供"代收服务"的公司驾驶联合收割机，这家就是帕克代收股份有限公司（过一两分钟我再解释"代收服务"）。我的欧巴酱也会为同一个服务客户做饭，我便成了她的助手。

我们全家之前都在帕克公司干过。不过，这次是我爸爸妈妈第一次不在，这意味着今年的收获季节只能靠吉酱和欧巴酱来偿还按揭贷款。我并不是很理解什么是"偿还按揭贷款"，但很显然，这是一个长期的负担。另外一种比较常见的说法就是"分期付完本金"，比如说"只要我们能分期付完本金，我就会觉得有所成就"。以前我一直以为"分期付完本金"意味着他们想贿赂我将来的高中校长 [1]，比如给校长一些钱，然后到了一定时候校长就会让我入校，即使我的成绩并不怎么样。

不管怎样，外公和外婆送完爸爸妈妈从机场一回来，家里的变化立竿见影。妈妈之前对杰斯说："不用担心，杰斯，只要你想，肯定会认识新朋友的。"相较而言，外公和外婆显得更积极主动。看起来，欧巴酱和吉酱早就有了非常棒的主意，只是没让我们知道。

[1] 英语中 principal 既可指"本金"，也可指"校长"。——译者注

欧巴酱让杰斯和我坐到咖啡桌前的地板上，她和吉酱则坐在沙发上。"我们来办一次社交派对，"她郑重地宣布，"邀请一些我们认为可以和杰斯做朋友的男孩来参加。"说完，她转身对着我说："和杰斯一起列份名单，我不干预。"

　　"一份邀请来参加派对的人的名单？"我问。我的多伯曼短尾狗"闪电"，想从我和咖啡桌之间挤过去，我把它挤了回来，然后我们就坐在那儿，靠着彼此。

　　"不！一份名单！"欧巴酱对我大喊大叫。

　　我刚刚不就是这样说的吗？我最终起身，挪到了桌子的另一边。其实我还不清楚欧巴酱想要什么，于是我拿起一支笔和一张纸。

　　"用铅笔！说不定你要擦了重写。"

　　我又拿了一支铅笔，准备就绪。"我现在可以列名单了吗？"我问道。

　　外公坐在那儿睿智地点了点头。"派对安排，"他说，"我们要邀请的男孩的名单，派对安排一览表。"

　　"不要干预！"欧巴酱对吉酱说道。

　　"你先干预的！"

　　"我没有！"

　　欧巴酱和吉酱已经结婚四十九年了，我妈妈常常说，在一起都这么多年了，谁也没必要一直那么讲礼貌。我有时候觉得在这个家里，我就是唯一一个还讲礼貌的人。杰斯不必讲礼貌，因为他有自己的问题。我想等我到了六十七岁，也就是五十五年之后，我也就不用再讲什么礼貌了。

我觉得，吉酱和欧巴酱两人之所以这样讲话，是因为他们的婚姻是包办的。欧巴酱和我说过，要是我也有一段包办婚姻，那我就既不会让别人伤心，也不会让自己伤心。因为如果我长大之后很漂亮，那我就不会伤任何男人的心；反之，如果我长相平平，也就不会有人想要伤我的心了。可要是我拒绝或者想要爱情，无论如何，结果就难说了，伤心总会像六合彩一样溜进我的生活。

"萨默！你捉梦去啦？"欧巴酱从来都发不出"做梦"，我也从来不纠正她。

我迅速在纸的左侧空白处写上"第一条"。

"不要数字，"欧巴酱立刻说道，"按照时间来排。是不是什么都要我说一遍？"

吉酱拿起纸，瞄了瞄数字、想了想，然后又把纸放了回去。"我赞成——按照时间来排。"

我只好擦掉了"第一条"，然后写上"下午一点钟"。我小心翼翼地不让擦掉的笔屑掉到地板上，因为要是我这么做了，欧巴酱肯定恼怒不已，就像天要塌下来一样。

"中午！"欧巴酱叫道。于是，我再次修改。"接着记。首先在纸的最上面写上日期，要突出一点儿。社交派对的时间是下个周六。接着记下来。"

"你中午喜欢做什么？"我问杰斯。

"玩乐高。我想要一个乐高派对。"

"不是真正的派对。"吉酱说。他正在用牙线清洁牙齿，不管到哪儿，他衬衫口袋里总装着牙线。有时候他还没吃完就坐在桌边开始清洁牙齿。知道我说的礼貌了吧？试想一下，要是你坐在餐桌旁就开始清洁牙齿，你的爸爸妈妈会做些什么？反正，吉酱总觉得牙缝里有点儿什么。"比起派对，更重要的是社交。"他说。

"午餐时间，"欧巴酱说，"先让男孩吃点儿东西，男孩总是容易饿肚子。不用担心，我不干预。但是，没有食物就没有朋友。我刚说了什么？"

"没有食物就没有朋友。"杰斯和我齐声回答。欧巴酱有时候喜欢让我们重复她刚刚说过的话，这样她才好确认我们在不在听她讲话。

杰斯转向欧巴酱："欧巴酱，你会做三明治吗？"

"萨默做，我教过她。"

我突然发现自己已倍感压力。要是我做了火腿三明治但男孩们想要金枪鱼的呢？要是我用了平时用的面包，但有个男孩只能吃不含麸质的食物呢——就像我的好朋友艾丽莎那样对麸质食品过敏？要是我一不小心放多了蛋黄酱呢？啊啊啊……

然而，在"中午"之后我还是写上了"吃三明治"。

吉酱不停地敲纸。"是午餐！"他激动地喊道，"不是'吃三明治'！就叫做'午餐'！"他按着心脏的位置，"你们俩简直要气死我啊。"显然，每隔几周就会有一次他觉得我们要气死他。

"你喜欢吃什么口味的三明治？"我问杰斯，还是不放心这个细节，"我可不想到时候做了大家不喜欢的口味。"

"我去学校时会打听一下。真不敢相信这事儿就要成真啦，我真要举办一次社交派对了。"他站了起来，走到我们假壁炉上的镜子前，看着镜子里的自己，说道："你就要举办一次社交派对了。"

这时，吉酱站了起来，双手按在胸口上，摇摇晃晃地准备走开。杰斯和我平静地看着他。"要是我死了，把骨灰撒了，"吉酱说，"不要放在骨灰盒中，然后再安在墙上的一个洞里。你们听明白了吗？"

"明白了，吉酱。"我们一起答道。

"很好，那我死了也开心。"

我写下"乐高，下午一点钟"。我弟弟的乐高玩具估算起来差不多值一千美金。不骗你，我有一次都算过了。买乐高玩具是我们家最大的花销，我们也仅仅在这件事上这么挥霍。

"这个点子不错！"吉酱说，"真聪明！"我分不清，到了最后关头，他竟然与我站在同一条战线上，是不是在自我讽刺。

"这次的社交派对会开多久？"杰斯问。

"大部分派对都是两个小时，"我说，"所以我建议我们的安排表也是这个时长，怎么样？"没有人说话，于是我在安排表的最后划上一条线，然后放下铅笔。

"我该邀请哪些人来呢？"杰斯问，"是我觉得可能会来的那些孩子，还是那些可能不会来的孩子？可是我们也不知道啊。是在我们班上选，还是整个年级的孩子都要考虑？那些可能不认识我、但我认识他们的人呢？还是——"

吉酱举起手掌阻止了杰斯。"邀请整个五年级的孩子。"他睿智地决定。我们都看着他，他点了点头。"这样的话，不会伤害任何人的感受。"

有那么一瞬间，杰斯怀疑地盯着吉酱看。不过，很快他脸上的神情由怀疑转为狂喜，我甚至听到了他的心声："哇，酷毙了，整个年级都来参加我的派对！"

接下来，吉酱和欧巴酱希望由杰斯来画邀请函。说起杰斯的艺术天赋，只要涉及一些稀奇古怪的主题，他就是一个小小艺术家。换句话说，他从不画我们能清晰辨认的东西，而要是你想要一个完全迷幻的设计，他绝对是你的不二人选。但是，杰斯很想去买邀请函，因为他觉得这样看起来更官方、更正式。最后，我们开了三十里地去一个更大的镇上，找到了一家 99 分商店。经过一番热情洋溢的讨论之后，我们买了几箱恐龙邀请函。星期一的时候，杰斯把邀请函带去学校，发给了五年级所有的孩子。

为了不让这次社交派对被我们的霉运毁掉，我们相互之间再也没谈论相关的事情。不过，我们可以随心所欲地祈祷——面对着咖啡桌樱花桌布上的朵朵花瓣。在派对的前夜，我们还这么祈祷过。樱花，就像春天的预言者，对日本的农人来说十分重要。欧巴酱祈祷的时候念念有词，我跪在她的旁边，偶尔能听到一两个字——比如 unmei(うんめい)，日语中"命运"的意思。

欧巴酱小声地祈祷时，我的脑子里也在祈祷：请让我的弟弟拥有一次成功的社交派对；让来派对的孩子们高高兴兴；让杰斯至少能交到一个朋友，要是能有两个就更好了。拜托，拜托，拜托了！

那个晚上，我像平时一样在自己的笔记本上画画。我画得不怎么样，所以几个星期才会完成一幅。我描摹的是自己找到的蚊子照片。

有一次我以为自己画得很不错，于是将画寄给了一位研究蚊子的专家,他这么对我说："看起来很像一只按蚊。不过，喙画得毛茸茸的，而触须则像一条细线。这么看来它并不是一幅好的画作，但是很容易就能改过来。你把触须画得更粗一点儿，将嘴部的须毛减少一点儿。那样的话，你便画了一只母按蚊。问题是，绝大部分（不是所有的）美国按蚊在翅

膀上都会有一些斑点，这在你的这些画作上可没有看到。"
天，失败得一塌糊涂。

　　说起来很奇怪：我很清楚要是我差点儿被车撞死，我绝对不会对汽车着迷；要是我差点儿淹死，我一样不会对水痴迷。但是，越是盯着蚊子看——即使是叮了我的那种蚊子——我越是觉得它们很纤弱，甚至是十分脆弱。其实，它们曾经差点儿要了我的命。现在来看，我们几乎不可分离。我的意思是，要是我看到手臂上有一只蚊子，我会毫不犹豫地拍死它，甚或尖叫着跑出公路。它们让我害怕不已，可是不管怎样，我们已经紧密相连。

第二章
杰斯的派对

为什么说来又不来？为什么说行却又不行？
——欧巴酱

　　杰斯班上有三个男生说可以来参加派对，其他人都没有回复。不过这也没关系，有三个男生要来呢！我们兴奋得不得了。星期六上午十一点，我的朋友梅乐蒂也来我家帮忙。

　　"我该做些什么呢？"梅乐蒂问欧巴酱。

　　"用吸尘器打扫客厅。"

　　"欧巴酱，"我说，"她可是客人呀。"

　　"她来这里帮忙的。"

　　我朝梅乐蒂摇摇头，示意她不用去打扫。但是欧巴酱和吉酱在一旁听着，我们也不方便说话。于是，我们就说起了即将到来的收获季。

　　我来解释一下代收公司是什么意思。许多种麦子的人自己不收割，而是交给像帕克公司这样的代收公司来做，代收公司再雇一些像我们家这样的独立承包人，驾驶巨大的联合收割机去割麦子。代收公司还会请一些司机，让他们开着大卡车把麦子运到谷仓。谷仓通常是高大的钢筋混凝土建筑，你可能见过，不过从来都不会去留意。麦子就储存在这样的地方。

代收公司通常是家庭所有的公司，他们的设备要么是买来的，要么是租来的。这些设备非常非常贵，比如买一台新的联合收割机可能得花三十五万美元，所以代收公司必须信誉非常好，才能从银行获得贷款来购买或租借联合收割机。（天啊！我们家房子的价钱才只有一台联合收割机的四分之一。）一到收割的季节，这些公司就会到一个又一个农场接活，从得克萨斯州忙到蒙大拿州，或者北达科他州，有些公司甚至会到加拿大去收割。

总之，代收公司就先讲这么多（暂时）。我做了两份鸡胸肉三明治，梅乐蒂也做了两份。每隔一会儿，我都会偷偷塞给闪电一小块鸡肉，所以它乖乖地坐着，看我把三明治切成两半，再给每一半各插上一根用彩色玻璃纸包裹着的牙签。这样做似乎有点儿傻里傻气，但我就是想把三明治弄得好看一些。

梅乐蒂、欧巴酱、吉酱还有我在餐桌边坐下，杰斯则在客厅里坐着。"萨默，把你的头发整理一下，"欧巴酱说，"你看上去就像小野洋子[1]1969 年时的样子。"我不幸成为了亚

---

[1] 小野洋子（1933—）：日裔美籍音乐家、先锋艺术家。

洲人里那一小群长着卷发的另类。平时我都扎着辫子，但是那天没有。

我到卫生间里去扎辫子，梅乐蒂也跟了过来。"我对派对这件事情有种不好的预感。"我说。

"为什么这么说？"梅乐蒂问。

"我也不清楚。反正我们马上就要去忙收成了。小孩子在收割季节就不那么调皮了，因为他们巴不得有人陪他们玩。至于我，我最担心的是学校里的人会都把我给忘了。"

"只要你答应不会忘了我，我就不会忘了你。"梅乐蒂说。

"一言为定？"

"一言为定。"她回答说。

这么一来，我总算有了一个可以作为后盾的朋友。爸爸妈妈去年在本地找到了工作，所以家里没有再去帮收，于是今年这一次就成了我生病后的第一次收割季。前些天夜里躺在床上，我一边想着收割的时候会有多少蚊子，一边又在担心每晚都要涂抹避蚊胺，接连涂上好几个月会对身体有什么影响。据说避蚊胺对人体无害，可是我只要涂上它，闪电就不愿靠近我了。

扎好辫子后，梅乐蒂和我到客厅里去看杰斯。他坐在沙发上，身上穿着他最爱的荧绿色 T 恤。中午过后，我把盘子放进了冰箱，然后又去看了看杰斯。他两手相扣放在腿上，眼睛直直地望着前方。客厅里没有钟，所以他可能不知道已经是十二点十分了。

回到餐桌后,我们又等了一会儿。十二点二十分的时候,欧巴酱问:"为什么说来又不来?为什么说行却又不行?"

我低头看着餐桌上银色的斑点,没有回答。有一次杰斯把桌上所有的斑点都数了个遍,总共有三千四百一十二个。他就是这样一个奇怪的小男孩,所以才没有朋友。

我又去看了看我弟弟。他的两只手还是相扣着放在腿上,只不过现在嘴巴也张得大大的。我的弟弟又小又壮,活像个只有四英尺高的举重运动员。他的身材简直和外公一模一样,就像一个长方体上面顶着一个脑袋。和他讲话会让人不安,因为他的眼睛似乎一动不动,给人一种异样的感觉。他非常严肃,不过我看见他笑过,还听过他的笑声,所以我知道,他也会有开心的时候。

杰斯班上的那三个男生开始让我恼火了,他们真的一点儿都不在乎别人的感受吗?终于,十二点四十五分时,欧巴酱垂头丧气地靠在了椅背上。我从没看过她这个样子。而吉酱用牙线剔着牙,好像什么事情都没发生似的。

"杰斯在做什么?"欧巴酱问。

"张着嘴坐在客厅里,"我回答,"动都不动一下。"

中午一点整,外公放下了牙线,说:"没有人来了,咱们吃三明治吧。啊,咱们来庆祝吧!啊,我们可以庆祝……"

谁都想不出有什么好庆祝的,于是吉酱起身,从冰箱里拿出了三明治。"去把你弟弟弄过来。"

我不情愿地走进客厅，对面无表情地坐在那里的杰斯说："吉酱说我们该开动了。"然后又重复了一遍。

他低头看着脚，问："为什么谁都不喜欢我？"

我本来想回他一句"因为你脾气臭，而且是个怪人"。他脾气真的很坏，有时会气得用脑袋撞墙，或者身边有什么就撞什么。说他是个怪人，则是因为他总会做些奇怪的事情。比方说，有一次他在考试中间突然唱起歌来。妈妈喜欢讲这件事，她觉得他这么做很可爱，不过杰斯班上的孩子估计不会这么想。当然，现在不是实话实说的时候，于是我回答："你本来有一个朋友，但是他搬走了。这又不是你的错，以后你还会交到新朋友的。"

"康纳·福斯特身上发臭，他甚至吹牛说自己一个星期才洗一次澡，但就连他都有十几个朋友。"杰斯直直地看着我，继续说道。

杰斯班上的男生我一个都不喜欢。我自己班上的男生要好一些，他们可不会疏远任何人。不过我马上就想起了詹森，我还没听说过他有什么朋友。平时我对这个人不屑一顾，但现在却忍不住同情起他来。詹森又瘦又长，总是把下巴稍微抬起，用鼻孔示人。而且说不清为什么，他身上有种东西让所有人都反感。那和他走路的样子有关系，他走起路来不像大多数人那样顺畅自然，而是一颠一颠地，好像身上有些地方是机器似的。我发誓，总有一天我要对他说点儿什么，哪怕只是说声"你好"，也能给他一点儿存在感。

杰斯站起来，说："好吧，开饭吧。"

每个人都拿了半边三明治和一点儿薯片，我们一言不发地吃着。杰斯吃东西的时候跟他做任何事情时一样全神贯注，眼睛死死盯着食物，仿佛吃东西是一场你死我活的战斗。而且他嚼起东西来特别卖力，弄得爸爸妈妈都担心他会咬碎牙齿。

"男孩子长身体要的是红肉，不是鸡肉。"欧巴酱终于打破了沉默，不过她说话时丝毫也不严厉，而是有气无力地，好像今天吃了败仗一样。我觉得她爱杰斯胜过爱我，不过这时我却一点儿也不在乎——杰斯的确需要每一丝关爱。

第三章
认真男孩协会

永远都要睁大眼睛寻找特别的草。
你们俩都是特别的草。

——吉酱

给杰斯找朋友的事情一点儿进展都没有。几个星期以后，在我即将离开学校去收割的前一天，我一进教室，目光就停在了詹森身上。我记得我发过誓要向他问好，于是我兴高采烈地喊道："嗨，詹森！"马上有好几个人看着我，仿佛在说："你这是在干吗？不跟别人打招呼，偏偏跟詹森问好？詹森？"

詹森用怀疑的眼神愤怒地看了我一眼，然后说："闭嘴！"

天啊，我可没料到会是这样。大家仍然看着我，我感觉自己的脸变得滚烫。我体会着詹森刚才说的话，他一定是孤独得够呛，才会那么回答。

我听到一个男生对另一个男生说："嘿，瞧，萨默喜欢詹森。"

就算我知道詹森很孤独，现在也被他惹火了，我大声地说："我只是想表示友好！"

詹森回答："我也只是想说'闭嘴'。"

现在每个人都在笑我。我知道九月份回来时谁都不会记得这件事，可是，在我坐下来时，脸却在发烧。

那天我四次被老师点名起来。第一次是在黑板上解一道含有两个未知数的方程式，第二次是大声朗读一页课文，第三次是解释元素是什么，最后是区分"伦理"和"道德"。老天，听到宣告我获得解脱的下课铃声，我真是欣喜若狂。

放学后，我和一些朋友一起走向校车停靠的地方，那几个不坐校车的朋友便和我拥抱道别。上了校车后，我像平时一样和梅乐蒂坐在一起，但是我鬼使神差地又想对詹森示好一次。他孤零零地坐在那儿，仿佛大家伙儿都害怕坐在他周围一样。毫无疑问，他不受欢迎的状况肯定会传染一点儿给我，不过我应该还是有死党的，所以损失几点受欢迎度也无妨。于是我起身径直走到最后面，然后正挨着他坐下。我的腿都抵到他的腿了，我稍微挪开了一点儿。

"明天我家就要去帮收了。"我开心地说。

他不耐烦地看着我，说："怎么又是你？"

"对，我只是想坐过来，然后……说说话什么的。"我看到好几个小孩都好奇地看着我，连杰斯也是。我一时想不出接下来说什么好，结果说了句"我喜欢你的衬衫"。这话说得真是傻里傻气，因为他身上不过是一件厚厚的法兰绒格子衬衫，虽然很保暖。

他想了想，然后说："我不知道这是怎么回事，但我从一年级就知道你这个人了，好像你也从没跟我说过一句话。所以不管你想干吗，总之谢谢了。快点儿走开。"

好吧，结果似乎不是那么愉快。

然后我便到站了，朋友们和我拥抱道别。

"再见！"临下车时我大喊了一声。

回家的路上，闪电已经坐在它平时等我的那片草丛里了。我和它走了一段路，然后在一堆杂草中间停住，坐了下来。我慢慢转动脑袋，伸展脖子。不知道为什么，浑身都绷得紧紧的。

"你在干吗？"杰斯在我身后说道。至少别人还不介意坐在他身边，这样看来，他还是比詹森强多了。

"我在减压。"我答道。爸爸随时随地都在减压，比如，你要是在他看体育节目时打扰他，他就会说："待会儿再说，宝贝，我正在减压。"

杰斯耸耸肩，朝我们家的房子走去。

减压完毕，我也进了屋子。吉酱在餐桌上铺了一张大大的地图，给我们看路线。这个收割季，我们要从得克萨斯州出发，先去俄克拉荷马州，然后去堪萨斯州、科罗拉多州，最后去南达科他州和北达科他州。如果说我有什么不满的事情，那就是公路旅行。这并不是因为我觉得公路旅行很无聊，而是因为我得连续好几个小时跟外婆还有杰斯困在一起。我的意思是，我

爱他们，但是一想到那么长时间都要和他们在一块，我就恨不得抓狂。外公就不一样，我可以和他坐一整天车，完全没问题。

对我来说，离开学校可以说是喜忧参半——说喜，是因为我讨厌做作业；说忧，是因为妈妈告诉我，六年级和七年级之间的夏天会给全班带来很多变化，而不管会发生什么变化，我都不能和他们一起了。在学习 20 世纪 60 年代（感觉像是好几万年前）发生的民权运动时，我们听过山姆·库克的歌曲《改变就要到来》。那是我在这个世界最喜欢的歌，或者至少可以算第二喜欢的歌，因为我得把最喜欢的歌的位子空出来，以备哪天真的听到世界上最棒的歌了。总之，对于班上即将发生的那些神秘莫测的变化，还有我会不会被疏远，我也不知道自己究竟弄不弄得清楚。不过，我可不想因为割了点儿小麦就变得落单。

我已经开始想念爸爸妈妈了。欧巴酱比妈妈和爸爸都严厉得多，她总告诉我们该吃什么、喝什么，还教我们应该怎么生活。在她日本的家里有一棵李子树，她深信梅干（日式盐渍黄梅）有治疗功效。梅干又酸又咸，难吃死了，可她吃起来却像吃糖一样，而且能十分熟练地把核吐在碗里。要是我也像她那样吐李子核，肯定要招来一顿好骂，不过她就像我说的那样，因为年岁已高，已经不拘小节了。我不喜欢梅干，所以这肯定是我作为日裔的一个污点，可是，我每天还是得按要求吃两个腌李子。

我洗碗时还必须戴橡胶手套。欧巴酱虽然这么大年纪了，两只手却还是很好看。她经常把手放在面前自我欣赏。橡胶手套把我的手闷得都是汗，但要是不戴手套被她逮着了，她就会说："就算我的脸丑得像鱼，还是会有人因为我的手娶我。"

"可你是包办婚姻啊。"有一次我实话实说。

"别还嘴，不然我不准你出门。"

我把现在和未来的老师们布置的作业都装在一个文件夹里，文件夹真是个收拾东西的强大工具。蚊子的照片和我照着它们画好的画就占了一个文件夹。然后，我用另一个文件夹装下所有的作业，又给新的蚊子照片预留了一个文件夹。按理说，我每天必须花三个小时做作业，哈哈，不过我已经做了一部分，所以就有空闲的日子了。再说，如果你出去帮收的话，老师对你的功课就不会要求那么严了。有一次我从外面帮收回来，什么作业也没做，可是老师连眉头都没皱一下。

收割有一个好处，那就是身边总有跟着司机、帮收工或农场主一起来的其他孩子。我在那里交过一些笔友，就连杰斯有一年都交过一个朋友，那是一个跟他一样专心致志、一丝不苟的男孩。这个世界上竟然会有两个这样的男孩，真是奇怪。可能还有更多也说不定，但愿他们有一天能聚在一起，成立一个俱乐部，名字就叫"认真男孩协会"。

出发前的那天夜里，杰斯竟然兴奋得不得了。他睡在我上铺，正憧憬着能在这个收割季交上朋友。

"要是能交两个朋友该多好。"他说。

"是不错。"

"要是交三个朋友呢？我还从没同时拥有过三个朋友呢。"

实际上，他也从没同时拥有过两个朋友。

后来他便不做声了，不过我知道他肯定醒着，他一定是在幻想那三个朋友。我希望他真的能交到三个朋友，真的，可是一想到这一点，我就觉得肚子里一阵难受，因为最有可能发生的情况就是：他经常一个人发呆，自言自语，自己玩玩具兵，自己堆乐高积木，自己看电影。你要是在他玩玩具兵的时候打搅了他，他马上就会大发雷霆。然后，你必须等他自己停下来歇歇。

客厅的灯亮了，吉酱来到我们的卧室，把书桌下的椅子拖了出来。

"今晚我给你们讲个野草的故事。"他说，"小时候，有一天我在橘林里拔草。天热，草多，背疼，糟糕的一天。野草都是头天晚上长起来的。突然，草变得比我以前见过的都多。野草是我特殊的敌人，我最恨它们。我做过很多关于野草的噩梦。不过那天，我发现了以前从没见过的野草。妈妈责骂我，但我还是小心地把草根拔出来，然后离开田地，把那种特别的草放进了一罐子水里。干完活后，我把它栽在湿地里。每天我都要照料那棵草，后来它长得跟我一样高，那一年我们收获了最好吃的橘子。所以呀，我希望你们记住，永远都要睁大眼睛寻找特别的草。你们俩都是特别的草。哦呀斯密 [1]。"

"哦呀斯密那撒伊，吉酱。"我们应道。

---

[1] "哦呀斯密"与下文"哦呀斯密那撒伊"都是日语中"晚安"的意思，此为音译，后者比前者更为正式。

第四章
开启麦田旅程

那些石头就和我一样有生命，谁都
无法否认这一点。

——萨默

　　我们家住在堪萨斯州的利特尔菲尔德，我们必须从这里出发，穿越整个堪萨斯州，到苏珊维尔去和帕克代收公司的员工会合。爸爸妈妈曾经给帕克公司打过两次工，一次是三年前，一次是两年前。第二次时我们手头拮据，所以他们在开工前就预付了我们第一个月的工钱，可见他们的人多么厚道。

　　天还没亮，我们就坐上那辆嘎吱作响的旧福特皮卡出发了。那辆车比我的岁数还大。我们草草喝了点儿燕麦粥，每个人吃了两颗梅干，就当是早餐了。我穿了一条牛仔裤，还涂了厚厚一层长效避蚊胺。这样一来，闪电都不会像平时那样把头搁在我腿上了。可生产避蚊胺的公司说，他们额外增加了一道提炼工序，几乎把所有的气味都消除了。我已经习惯了这种气味，但闪电显然还是受不了。

　　吉酱只要一开车就像关机了一样，很少说话，而且把收音机的音量也调得很低。他偶尔会动一下，好像被人按下了开机按钮一样。杰斯则在吃泡泡糖吹泡泡，一个接一个，吹个不停。"快看！"他说，"我可以每次都把泡泡吹得一样大。"

他腿上放着一座用乐高积木堆成的公寓楼，那是他一边拼一边粘起来的。他完全可以把那东西放在货车的货台上，可他说那是他最珍贵的东西。没什么好说的了。

闪电蜷着身子，在后座上和我挨在一起。我打开车窗，天气刚好冷热适中，不过我知道，到了得克萨斯州就不一样了。临走时我听了一下天气预报，广播里说那边的温度可能要突破华氏一百度！闪电抬起头深吸了一口气，然后闭上眼笑了（我发誓这是真的）。我向窗外望去，麦田在黎明前的夜色中呈现一片黑暗。我不禁在想，谁会来收割这些麦子呢？也许向北返程时会由我们来收吧。

我们开车驶过一个个农场，身旁是一英里接一英里的小麦、大豆、牛群和向日葵。我最喜欢的事情之一，就是在野生的向日葵和家养的向日葵同时绽放的时候，坐着车穿行在堪萨斯州。我更喜欢野生的向日葵，喜欢白云在一片杂乱无章的黄色之上飘动的画面。它们会一直开放到秋天。

接着我听到欧巴酱低声呻吟了起来，这说明她的背已经疼得受不了了。吉酱一言不发地把车停在了路边。他还没把车停稳，欧巴酱就下了车，直接躺在了公路上。她一天当中要这样躺下好几次，有时一躺就是几个小时。吉酱从仪表盘的小储物箱里抓起手电筒，接着大家都下了车。闪电嗅了嗅欧巴酱，然后看着我，好像它知道她身上出了什么问题，只是无法告诉我们。

我们在欧巴酱周围站了二十分钟左右，只是干看着，什么也做不了。由于远离医疗设施，这种围观在乡下时有发生。人们必须聚在一起，评估病情。欧巴酱看上去很糟，不过我见过她比这更糟的时候。她脸上甚至还带着微笑，仿佛心里正想着什么开心的事情，比如我门门功课都得了"A"，或者杰斯交到了朋友。最近她刚刚决定不再把头发染得乌黑，面部周围那圈光环一样的白色发根清晰可见。

随后她收起了笑容，说："我们六点以前就得到那儿。"

她伸出手，再没有说什么。杰斯和我一人抓住她一只手，把她拉了起来。

回到车上后，她说："我想会死，今年，可能这个月。"

"我先死，"吉酱答道，"日本女人都能活到九十几岁。"

"我先死！你吃橘子和孩子们吃得一样多，它们让你活得更久。维生素 C。"

"你绿茶喝得更多，你更长寿。"

他俩就这样你来我往争了好几分钟，到最后我已经不大清楚到底谁胜谁负。就我个人来说，我准备活到一百零三岁，就像我的曾祖母那样。她晚年的时候只是一个劲儿地看电视，好像电视比身边活生生的人还要重要。不过，电视上确实也有不少有用的东西，所以这样的晚年看起来也不算太糟。

车上安安静静的，只有杰斯一遍又一遍地吹他的完美泡泡。不知道为什么，我开始对这一切有些不耐烦了。"你能不能别老是吹泡泡，好吗？"我很有礼貌地说道。

"你试试看。"

"你太不成熟了！"

他恶狠狠地看了我一眼，然后开始用脑袋撞玻璃，弄得玩具房子在他的膝上摇摇欲坠，这时我已经在解安全带了。我用胳膊锁住他，用力按住，让他不至于伤着自己。以前我就学过，如果你想制服某个人，就得全神贯注地勒住他，就像做数学题或者学英语一样全神贯注。要是你光用力，而不全神贯注，就会前功尽弃。实际上，吉酱之所以教我冥想，部分原因就在于他认为当我必须制止杰斯时，冥想能帮助我集中精力。

大约十分钟之后，杰斯冷静了下来。吉酱把车靠边停下，然后和欧巴酱看着我们。吉酱伤心地说："你们俩互相照顾多好，为什么吵架？"

"我只不过说他不成熟，"我回答道，"阿莉莎总对她弟弟这么说都没事。"

"你连人都算不上！"杰斯嚷道，"你只不过是颗臭烘烘的避蚊胺炸弹！臭家伙！"

我放开他回到自己的位子，看着窗外。接下来一路我都不会再和他说一句话，等着瞧，看他得了疟疾又拉不出来时急得发疯吧。

"萨默，你禁足。"欧巴酱说。我没有回答，她又补充了一句："是你惹起来的。"

我深吸了一口气。我想她可能是对的，可是谁也体会不到当杰斯的姐姐是多么不容易。

终于，我们在帕克一家的房子前停了下来。吉酱打开车门，对欧巴酱说了句"我先死"，然后下车，将门重重地关上。

太阳高悬在地平线上，就像日本国旗上那个红色的球，日出总是会勾起我这样的联想。糟了！太阳今天是六点后才会出来的——我们迟到了！但愿我们别惹上麻烦。

帕克一家拥有很大一片土地，其中有一英亩专门用来停放农机。那里有四台联合收割机（我知道那是租来的）；四辆他们自己的大货车(半挂)；两辆野营拖车，一辆大一辆小；一台带收谷车的拖拉机；四辆运谷挂车；四辆皮卡；还有各式各样运载设备的拖车。我对这些机器知道得不少。联合收割机是约翰·迪尔公司制造的，漆色鲜绿，又大又沉。驾驶室是双座，窗户一直从驾驶室底部延伸到顶部。出于某种原因，联合收割机不是靠左行驶，而是靠右行驶。

联合收割机真是神奇的机器。收割的情形是这样的：等小麦熟到可以收割的时候，人们便开着联合收割机很有规律地在麦田里来回劳作。机器的前面有一个可以卸下来的装置叫割台，收割机前进的时候，割台就会割庄稼。然后收割机内部就会把可以食用的谷粒和不能食用的谷壳分开，谷粒被送进收割机后面的箱子，谷壳则落在田里，成为土壤来年的肥料。

电脑、手机和宇宙飞船可能更加不可思议，但不知道为什么，对我来说没有什么比得上联合收割机。我真的这么想。只用短短的时间，联合收割机就能把原本对人类无用的东西收集起来，然后变成可以养活我们的食物。

集谷箱可以装二百七十五蒲式耳[1]的小麦。以平常每小时五英里的速度来算，一台联合收割机一小时就能收割六百蒲式耳左右的小麦。这里面会有很多变量，而且我的数学很糟糕，也许算得不对。可是就算取平均数，六百蒲式耳也相当于两万多条面包呢。

为了把谷粒从集谷箱里弄出来，联合收割机上面还装有一个螺旋输送机，这个奇妙的玩意儿长得像条中空的长管子，能够把谷粒从它的一头推到另一头。谷粒就是被螺旋输送机从集谷箱转移到收谷车上的。

收谷车连在拖拉机后面，跟着它在田里来来回回地行进。联合收割机把集谷箱里的谷子往收谷车里倒时，拖拉机和收

---

[1]蒲式耳：计量单位，也是一种定量容器，类似于我国古代的斗和升。在美国，1蒲式耳相当于35.238升。

割机都不会停下来。不停车能够节省时间，而时间在收割季非常非常重要，因为割谷子的时机既不能早，也不能晚。

别走开，田里的农活我差不多就要解释完了！收谷车可以装一千蒲式耳。装满后，它就会被拖拉机拖到运谷挂车那里，而挂车和等待着的大货车相连。收谷车里的谷子又被螺旋输送机倒进挂车的车厢，等车厢装满后，大货车就把谷子运到一座谷仓，储存起来，等着农场主卖掉。

这些事都是我七岁时知道的，那时我第一次参加收割。你知道那种喜欢小孩子，愿意耐心地把什么事情都解释给他们听的大人吧？当然，有些大人的确喜爱小孩子，但只是喜爱他们自己的孩子，对别人家的小孩几乎一概不理。而那一年，爸爸妈妈和外公外婆刚好给一对喜欢小孩子的夫妇打工——最重要的是他们喜欢所有的小孩子。那对夫妇允许杰斯和我想坐谁的车就坐谁的车，想什么时候坐就什么时候坐。现在杰斯有时还会说起那对夫妇，因为他们就像对待正常孩子那样对他，这实在是有些非同寻常。有时我能够看穿大人的眼睛，能看到他们在某个瞬间意识到杰斯有些另类，但我仍然记得，那对夫妇的眼睛里没有那种眼神。

等等，我说到哪儿了？哦，对了。接下来呀，升运机会利用螺旋输送机系统，把谷子转移到筒仓里面。要是快下雨了，作业就得持续到第二天凌晨，好让所有的农场主在下雨前都能把麦子收起来。有些升运机甚至从来都不休息。

有件事情我永远都不想做，那就是操作升运机。有的时候，雇工会从梯子或走道上滑落，掉进成吨的谷子里窒息而死。而且谷子十分易燃，在我还没出生的时候，堪萨斯州的一台升运机曾发生过爆炸，七个人因此丧命。还有一次，有六个人死于升运机爆炸。真可怕！

吉酱告诉我，帕克夫妇原先也是开联合收割机的，后来他们攒足了钱，获得了贷款资格，才买了他们的第一辆大货车。现在他们已经可以雇佣像我们家这样的人来开收割机和货车了。如果你是开代收公司的，你就是老板；可是如果你是个开收割机的，你就得给代收公司打工，而且报酬并不高。爸爸妈妈也希望成为代收商，如果银行能给他们足够的贷款，他们会先买一两辆半挂车来起家。

帕克一家和我们一样，也住在乡间的一幢尖顶白房子里。闪电在门廊上嗅来嗅去。吉酱敲了敲门，但是没人回应，于是他敲得更用力了。欧巴酱说："萨默，你可以哈啰，你说得最好。"

她总是这么说。

"哈啰，有人吗？"我大声喊道，"有——人——吗？"没有人应门，但是我们听得见里面有声音传出来。"咱们进去吧？"我对吉酱和欧巴酱说。

"啊，不行，"吉酱说，"不礼貌。"

"如果没人要你进去，永远别进门。"欧巴酱赞同地说。

"那我们就只能在这里干等着了，"我说，"可门是开着的，这就是说我们可以进去。我保证不会有事的。"

"不，不 OK。"吉酱摇着头说。

"有——人——吗？"杰斯突然尖声大叫。

屋子里顿时鸦雀无声，接着帕克夫妇便出现在了门前。帕克夫人说："俊郎、由纪子，进来吧，不用敲门的！"

然后，我们脱了鞋进屋了。我们穿的都是运动鞋，除了鞋码不同以外，其余一模一样。帕克夫妇的屋子内部很深，对着大门的墙上挂着一套婚戒图案的被子，上面满是浓淡不一的浅蓝色、黄色和粉红色。我一直想要两个东西，一个是被子，另一个则是放在门廊的藤椅。"什么样的小丫头会想要藤椅呢？"听到我的这个想法，妈妈不禁问道。我明白她为什么这么问，我的意思是说，学校里的其他女孩都特别想要智能手机，而我却想要藤椅。梅乐蒂觉得我疯了。

我喜欢帕克夫妇。他们有个叫罗比的儿子，不过他就有些无聊了。我想我还是可以勉强和他打打扑克，可是他一点儿也不像他父母那么有趣。帕克夫人总是忙得团团转，但她始终是那么和蔼；而且要是有人受了伤，她就会像块创可贴一样，给他无微不至的关怀。她个头很大，长着一张轮廓分明、古道热肠的脸，就是那种因为人好，立刻就让人喜欢的脸，但你又知道你不可能占得到她的便宜。

"萨默，你肯定又长高了三英寸吧？"她惊叹着给了我一个拥抱。

"是的，"我礼貌地回答，"从上次见面到现在，应该正好长高了三英寸。"

帕克夫人的头发是酱红色的，她的眼睛是我见过的最绿的眼睛。她还让我想起了某个总统之类的人物，一个选择肩负起全世界重任的人。

"好极了，你们终于来了，"帕克先生拍手说道，"我们刚才正在商量北边的收割该怎么安排。既然在南达科他州只有一千英亩要收，我们就可以在那里分头行动，一部分人可以先去北达科他州。"

他们人真好，我们少说也迟到了半个小时，可他们提都没提这件事。其他人全都已经准备好出发了。说来也怪，吉酱和欧巴酱总是说守时很重要，也总是慌慌张张的，结果他们却几乎每次都会迟到。有时他们比爸爸妈妈更早开始准备，但还是会迟到。实际上，在我的记忆中，杰斯的派对是他们唯一一件准时完成了的事情。我想，他们是真的很希望那天的派对能够成功。

我们跟着帕克夫妇进了厨房，那里已经满是他们雇来的工人了。房间的中央有一个用凳子围起来的区域，每张凳子的绿色坐垫上都写着"约翰·迪尔"。难道约翰·迪尔还生产凳子？

"朗尼，南达科他州只有一千英亩多一点的庄稼要收，有可能会找到更多，"帕克夫人温和地说道，重新开始由于我们的到来而中断的讨论，"我们能不能别计划什么计划呢？"

"我想咱们每年的计划就是没有计划。"帕克先生的话逗得大家哄堂大笑。

我已经等不及要去恶地 [1] 了。我曾在两次收割旅行中去过那里，那儿可以看到各种形状和颜色的岩石，应有尽有。有一次，在绵延无尽的灰色悬崖边，我们看到一团云雾暴向我们迫近，仿佛是专门冲着我们袭来的。我还从没像那样既害怕又兴奋过。我们可不想被风暴赶上，因为那样一来，我们就得在原地不动，直到安全了才能回到车里——万一在雾里跌下悬崖了怎么办？

可是我们又不能离开，就好像那些岩石在挽留我们似的。我是说，它们只不过是些石头，但是不知道为什么，那些石头能够让你觉得孤独也很美好，那些云能让你幻想一些"很大"的东西——倒不是说可以赚很多钱，或者找一份很好的工作的那种"大"，而是比这些还要"大"的东西。这很难解释，我是说，就像你和天空融为一体的那种"大"，但它同时又让你感到自己很渺小。我也不知道怎么才能说清楚！上次去那里时，我们还看见过形状像某种动物皮革的棕黄色岩石。那些石头就和我一样有生命，谁都无法否认这一点。

[1] 恶地：指美国恶地国家公园，位于南达科他州西南部。

明天会有好运气

36

它们只是和我们的时间尺度不同罢了。

"喝点儿咖啡，然后我们就该出发了。"帕克夫人对我的外公外婆说。她指着帮收的雇工一个个开始介绍，我便把心从奇山怪石那儿收了回来："这边是肖恩·墨菲、罗利·奥布莱恩和米克·瑞恩，他们来自爱尔兰；这边是比尔·麦考伊和拉里·达克，他们是美国人。伙计们——"这时，她指向了我们，"这边是坂田俊郎、坂田由纪子和他们的孙辈，萨默和杰斯。"

许多代收公司都雇佣外国人。帕克一家通过俄亥俄州立大学的一项农业计划，合法地雇佣外国劳工。工资按月发放，不管工人们是每天工作十六小时，还是因为下雨而几乎无事可做——下雨时根本无法收割，因为小麦太潮湿的话，联合收割机就不能打谷。由于有时工作时间确实很长，而且好几个月都得在露营车里生活，所以外国雇工比美国雇工更有可能坚持下来。

你知道帕克夫妇有多么好吗？每个收割季结束时，他们总会带雇工们进行一场特殊的旅行，比如到某个大城市去，或者去看纳斯卡车赛。我们和他们去看过一次纳斯卡车赛。我不得不说，在烈日下面坐上几个小时，看着一辆辆赛车从身边疾驰而过，那大概是我这辈子最疯狂的一天了。我是说，目睹一场车祸发生在我们眼前，大伙儿都兴奋得不得了，就连吉酱也是。如果你是个老实人，就像我爸爸、吉酱，还有其他雇工一样，为什么会对车祸兴奋不已呢？那是因为外面的世界里所有关于开车的规矩，在纳斯卡赛车场都被抛到了九霄云外。后来，赛车手在一群场地工作人员的帮助下逃出了赛车，他的额头滴着血。虽然他伤得不算严重，可是大家竟然那么兴奋，这还是非常奇怪。爸爸说我既不懂男人和车，也不懂男人和车对于彼此的意义。然后我说了句："所言极是。"妈妈听后大笑起来——那是她的口头禅。

话说回来，这两个美国雇工年纪比其他人大，很有可能和我的吉酱欧巴酱一样，已经过了退休的岁数。那三个爱尔兰伙计看上去大概二十几岁。爱尔兰劳工总是喜欢用"小伙"这个词，不过我管他们叫"伙计"，"小伙"听起来就是别扭。所有的男人都穿牛仔裤和 T 恤，上面不是写着字就是印着图案。达克先生的 T 恤上写着"把美国留给美国人"，罗利的衣服上则是"野兽的数字"，那是铁娘子乐队 [1] 在 20 世纪80 年代的一张老专辑的名字。我们学校里有些家伙对那种音乐迷得不得了。吉酱和欧巴酱都不相信这种 T 恤，因为他们很不理解，为什么要花钱给别人打广告。我试着向他们解释，T 恤可以用来表达自我。可是吉酱摇摇头，叹息道："做别人都做的事情，不可能与众不同。"

"你们俩是开收割机的？"米克问。上次一起收割的爱尔兰伙计和他一样，也用"ya"表示第二人称单数，用"youse"

---

[1] 铁娘子乐队：1976 年组建于英国伦敦，是重金属乐队的杰出代表。

表示复数。这是不是很好玩?

"我开，她做饭，"吉酱回答，"她是州里最棒的厨子。"

我试着搞清楚大家都是干什么的——四个开半挂的，三个开联合收割机的，还有一个人开拖拉机。可是，还有一台拖拉机没人开。后勤工作总是让我犯晕。对了，还有欧巴酱和我们三个小孩（包括罗比）。唯一清楚的一件事情就是——欧巴酱和我每天要给十二个人做饭。哎!

我们全都到了屋子外面，这时帕克先生给大家分配驾驶任务。

我觉得应该会这样安排：我们把自己的福特车停在帕克家，欧巴酱开一辆帕克家的皮卡，车后拖一辆小一点儿的露营车——帕克一家这段时间就要住在那里面。杰斯、闪电和我就坐欧巴酱的车。这辆皮卡也将是我们整个收割季的勤务车，负责购买杂货，或者在别的机器熄火时用来发动部件。三个爱尔兰伙计每人都开一辆半挂车，每辆车各拖一台联合收割机，再拖一节运谷挂车，所以车身会特别长。达克先生和麦考伊先生各开一辆皮卡，后面各拖一个收割机的割台。最后一辆车也是皮卡，帕克先生开着它拖第三个割台，帕克夫人和罗比就坐在这辆皮卡里。

我们还落下一台联合收割机、一节运谷拖车、一节雇工们住的露营车，还有一个割台……应该是这样。我可没把握一下子记住所有东西。等我们到了得克萨斯州，大部分人立马就要开始工作，而其中三个人则要开着半挂和皮卡，回来拖其余的机器。按照法律规定，最后一台联合收割机得天亮后才能运往得克萨斯州，因为在夜里拖运这么宽的东西十分危险，容易刮到迎面而来的车流。

就在大家走向各自分配到的车时，罗比·帕克两手插着口袋，从屋子里悠闲地晃了出来。我有两年没见他了，现在他应该有十四岁了吧，而且变得这么好看了。我看得目瞪口呆，庆幸自己早上把辫子梳得整整齐齐的。直到欧巴酱用力推我，弄得我差点儿站不稳，我才回过神来。

我帮欧巴酱把一些必需品打包，放到我们乘坐的那辆皮卡上，把其余的行李转移到雇工使用的露营车里，这辆车会在第二趟时开过去。皮卡车上唯一一件专门给我自己带的东西，就是一罐避蚊胺喷雾剂，这可花了我四百六十一美元，一辈子的积蓄啊！这笔钱里面还包括我五岁时吉酱给我的二十美元，我还记得他当时说："有一天，这张钞票可能会值一百万美元，这叫通货膨胀。"

等大家全都整理好行李，坐上车后，帕克先生在帕克夫人的脸上啄了一口，说："咱们出发，美女。"

第五章
二十二个任务

有些事情几乎要了你的命，但你
为了生存还是得去做。

——萨默

我们向着得克萨斯州的哈格罗夫出发时，空气仍然很清爽。这一路大概会有六小时车程。我通过车子一侧的后视镜观察着身后的车队。

欧巴酱把车转上公路，然后对我说："盯着男生看还太小。"

"我没有。"

"你盯着他，好像他是太空来的外星人。男孩不是外星人，他们是真的，而且惹麻烦。"

"他们怎么惹麻烦呢？"

"你的太小知道那个。"她看着我，仿佛在作着抉择。然后，她终于说："也许我会告诉你，如果死前有时间。"

"我就是男孩，"杰斯说，"我知道他们怎么惹麻烦。"

"你知道个屁。"我嘲讽道。

"别吵了，要不把你们俩扔出车子，让你们只能走着去。

杰斯，不包括你。"欧巴酱说，"萨默，你要走到得克萨斯州，那你可惨了。我还是个小姑娘时，有一次走了二十英里路，走完我几乎动不了了。还有，别以为我忘了讲的什么。不准盯着罗比，每个人都注意到了。"

我叹了口气，然后拉了拉闪电的耳朵。它长着一对耷拉的耳朵和一条短尾巴，很像现在的多伯曼短尾狗。在有些国家，修剪多伯曼短尾狗的耳朵是违法的，我个人挺支持这条法律。说真的，要是谁敢修剪我的耳朵，我非咬他不可。

"你听我？"欧巴酱问。

"是的，欧巴酱，我听到了。"

"不是听到，是听进去。"她反驳道。

我看着窗外的牧场。在堪萨斯州的农业中，给州里赚钱最多的要数牧牛了。小麦屈居第二，而且比第一名差得挺远。不过，我一辈子都和小麦有着不解之缘。

"你的听我？"欧巴酱再次问道。

"那，你是从多大的时候开始盯着男孩子看的呢？"我反问她。

"那跟这个没关系。"

"到底是什么时候？"我执意要问。

"我那时候，姑娘十八岁不嫁，她就被淘汰。今天不同，姑娘三十结婚。所以我要是十二岁盯着男孩看，十八岁结婚；那你就得二十四岁盯着男孩看，三十岁结婚。"

"也就是说你十二岁就开始了？"我更来劲了，因为我很有可能要破天荒地第一次辩赢欧巴酱了。

"我可没说。"

"那你刚才说的什么？"

"我说你出洋相了。给我苹果。"

我在脚边的袋子里摸索起来。"只有梨，我们可能把苹果落在露营车上了。"

"别耍花样。把梨给我。"

我听话地给了欧巴酱一个梨——那显然既是夏天摘的梨，也是在萨默倒霉的这一天摘的梨。有一次，我问妈妈欧巴酱爱不爱我，妈妈说："她当然爱你呀，她每时每刻都在想着你。"我知道她每时每刻都在想着我，可是那和爱并不是一回事，不是吗？的确，不是一回事。

欧巴酱吃完了梨，连核带茎，一点儿都不剩。然后，她便开始发出那种低沉的呻吟："呃——"

这样持续了几分钟后，杰斯问道："我们要不要在路边停下来？"

"不能。"欧巴酱回答。

"他们会理解的。"我说。

"那样他们下次会不雇我们的。呃——呃——"

我们带了七瓶止痛药。"你要止痛药吗？"我问。

"六颗。"她回答。

我拿出一瓶药，读着上面的标签。"这上面说一次一颗，如果不起作用，才能再加一颗。"另外，我在牙医诊所的一本杂志上读到过，用太多非处方药对肝脏不好。

"给我六颗。"

"欧巴酱，那样很危险的。"

"我六十七——你年轻，所以你还不懂，疼比死重要。"

我仔细思考着她的话。我记得犯疟疾时，关节疼得我恨不得死。在那以前，我以为疼痛是从外向内的东西，但是疟疾教会了我对由内向外的疼痛心存畏惧。我知道欧巴酱的疼痛就是由内向外的，所以我给了她六颗药。

她咧嘴一笑："立场不坚定啊。"

我还给了她一瓶水。我们用塑料瓶装了些自来水，因为我的外公外婆不理解，为什么自家水龙头里就有的东西，还得花钱去买。我本人挺喜欢瓶装水的，因为它能让你感觉上档次，感觉很成熟。等我长大了，我家里随时都要有瓶装水。我还要养三条狗。我的老公既要爱我，又要喜欢瓶装水和狗。但也许我永远也买不起瓶装水，也许我一条狗都不会养，也许我根本不会觉得上档次和成熟，我甚至有可能永远不会结婚。

"呃……"

我思考着为什么欧巴酱说别让车队为了她而停下来。时间对于收割至关重要。她说得没错，假如我们耽误了收割队伍，帕克夫妇下次就不会再雇我们了，哪怕他们还是把我们当朋友。小麦一成熟，就马上要收割，吉酱就得连续工作十四甚至十六天。

欧巴酱死死地抓着方向盘，我不禁担心她美丽的手会骨折。

"你没事吧？"我问她。

"没事。"她干脆地回答。

不幸的是，我知道她说的是对的。我开始想象接下来的几个月会怎样。我们上次给帕克夫妇打工时，帕克夫人给了我们一个文件夹，里面是我们每顿饭要做的每一道菜的食谱。每个星期前六天，司机们早餐都只喝牛奶麦片粥。到了星期天，我们就要做一顿像样的早餐了——煎饼、法式吐司，或者煎蛋卷。我们那一年做了大概二百五十顿饭。我发誓我们真的是一板一眼地按照食谱来做的，可是帕克夫人偶尔还是会皱着眉头说"你们是不是糖放少了"之类的话。

"嘿，"我突然说，"为什么杰斯没有活干呢？"

欧巴酱朝后视镜瞥了一眼说："萨默，你又惹是生非，我脑袋要爆炸了，你杀人偿命。"

我正准备说脑袋不会爆炸，这时车载电台突然响了起来，里面传来帕克夫人的声音："哈格罗夫已经华氏八十二度（摄氏二十七点八度）了。"

这不算什么。有一年我们到达得克萨斯州时，那里的温度足有华氏一百一十度（摄氏四十三点三度）。

说实话，听到哈格罗夫天气很热，我倒有种如释重负的感觉。收割季最担心的事情就是雨雪天气，再就是让成熟的麦子在地里放久了，高温没什么影响。只要麦子可以收了，一切就得看老天爷的脸色，其次是农场主说了算，再次是代收公司，最后才是农机司机。厨子可能比司机地位还低，因为就算没有厨子，司机也不是干不下去。基本上，如果农场主或帕克夫妇叫我们做什么，我们就得做什么。而我呢，可能在金字塔的最底层。所以，虽然帕克夫妇人很好，我们仍然是不平等的。帕克夫妇喜欢说大家是一家人，但事实并不是那样。

虽然在颠簸的车里很难集中注意力，我还是拿出那本蚊子画册，开始翻看我的画作。我现在比刚开始时画得好多了，不过还是谈不上很好。我有一个秘密计划，那就是用真金制作蚊子，然后用它们换珠宝。我用黏土做过几只大蚊子，但是做大了就做不精细。黏土很难弄得足够薄，所以老是厚厚的，让蚊子看上去更像是大黄蜂。看来我还得努力才行。

有些事情几乎要了你的命，但你为了生存还是得去做，我不禁再一次思考起这个问题。不过，就算是在我生病最严重的时候，我也知道蚊子并不是存心想杀死我。那不是它们的目的，它们只是想吸血，然后产卵——只有母蚊子才会叮人。

我在翻到一幅画时停了下来，那是我最喜欢的作品之一，画的是一只蚊子在美丽的花丛中吸食花蜜。这幅画我画了十七遍才画好。死里逃生会让你对死亡思考很多，我记得自己曾想象过家里若没有我会怎么样；想象杰斯长大后成了某类高深莫测的科学家，只有两个朋友；还想象妈妈因为我的离去而泪如雨下。我的朋友们都觉得生活会无止境地延续下去，而我却意识到，它只发生在当下。可是，我不知道应该怎么去好好利用。"那是因为你的性格还没有定型。"妈妈老爱这么说，说得好像我的性格是随风乱飘的浮尘似的。

我把蚊子画册的每一页都翻了个遍后，抬头发现杰斯正在认认真真地读着一些纸，那是帕克夫妇给我们的。在后视镜里，我可以看见欧巴酱的脸苍白而忧虑，她正忍受着极大的痛苦。

"我们有二十二个任务。"杰斯拿着一张纸说，帕克夫妇给每个人都发了一张任务表，"第一个是收七千英亩庄稼。"

"我想小便。"我说。

"去蓝包里找。"欧巴酱回答。

我在那个装着欧巴酱所有止痛药的包里翻找着，然后发现了一个玻璃罐。

"你不是开玩笑吧？"我问。

"不是。别洒出来了。"

一两个小时以前，帕克夫人叫大伙儿在一家路边餐馆旁

停下来休息过，可是当时我没有尿急，现在却尿急了。杰斯转向我，很有可能是想看看我是不是真的会用罐子来解决。"别多管闲事，"我说，"我还没那么急。"

车窗是开着的，热风吹在我们脸上。我想起了罗比，然后在脑海里提醒自己，下次停车前一定要记得重新扎好辫子。外面风很大，车队伴着麦浪前行。麦田看上去不像平时那么黄了，而是像加了很多牛奶的咖啡的那种颜色。吉酱有一次告诉我，他的一个熟人的熟人的熟人认识一个女人，那个女人只要看看你身边的麦浪是什么样子，就能给你算命。我倒挺有兴趣见见她。

一层云似乎在向我们压下来，近得仿佛是天花板，而不是天空。虽然飘着云，得克萨斯州今年大部分时间却很干燥。小麦生长的时节如果天气干燥，每英亩的产量就会降低。有一年，得克萨斯州下了很多雨，结果收割时全州小麦的平均产量是每英亩六十蒲式耳，相当的高。今年肯定要少得多，可能每英亩连三十蒲式耳都不到。

"快到了。"帕克夫人终于在车载电台里宣布。

我关上后车窗，重新扎好辫子，然后坐下来等待。汗水从脸颊滴落，于是我拿起一张纸巾在额头上擦拭。这时杰斯突然说："快看萨默在干吗。"

"看见了，"欧巴酱说，"她为了男孩让自己成了萨鲁。""萨鲁"在日语里的意思是"猴子"。我已经等不及要离开这辆车了。

车队在一条土路上停了下来，那里有一个挂在树上的临时路标，上面写着"帕克一家在这里转弯"。等我们到达农场时，一个男人已经站在外面招呼我们停车了。下车后，我看到了供水和供电设施。这就意味着，我们不会在旅游车停车场里，而是在农场里住露营车过夜了。待在农场里当然方便得多，不过我倒是挺怀念旅游车停车场的，因为那儿总是有其他帮收人的孩子。

帕克一家的露营车刚一接好水电，我就进去拜访洗手间了。

帕克夫妇和那个男人握手，帕克先生说："是拉斯基先生吧？我是朗尼·帕克，这是我老婆珍娜。"

"见到你们真高兴。"拉斯基先生说，他是个高个子秃顶男人，看上去忧心忡忡，"我希望你们已经准备好开工了，天气预报说下星期有雨。"

"没问题，我们第一趟带来的机器已经足够马上开工了。"

"很好，很好。我希望活儿能快点儿干完。"他的话里带着一丝几乎难以察觉的警告，意思好像是，假如干得不够利索，他就会大发雷霆似的。

"放心吧，我们会在那之前把你的麦子收完的。"帕克先生边说边观察着四周的麦田和低沉的云，"那些看上去不像积雨云，真的，不用担心。"

拉斯基先生点点头。他双手抱胸站着，看起来很不耐烦。我发现有些农场主非常紧张，因为他们一年的收入差不多全都取决于这几天的收成。他们整年都祈盼着降雨，而到了收割季，他们又要祈盼不下雨。有些农场主为人真的不错，但有些就只不过是些牢骚满腹的家伙。

不过我能理解他们。小麦的湿度不能超过十三点五度，超过了谷仓就会拒收。要是太潮湿，小麦就会生霉。麦子的湿度既可以用联合收割机上面的设备测量，也可以用手持工具测量。帕克的团队用的湿度测量计看上去像个保温杯，把麦子装进去，它就会告诉你湿度是多少。

谷仓不仅检查小麦的湿度，还检查杂草和蛋白质含量。麦子要是太干燥，分量就会少一些，所以价钱也就低一些。另外，如果麦子成熟后存放太久，蛋白质含量就会降低。所以说，一切就在于时机。农场主们还担心另一样东西，那就是冰雹。冰雹会砸断麦秆，或者把它们砸倒在地。我亲眼看到过一个农场主——一个高大粗壮的男人——在下冰雹时哭了。所以说，农场主们只是希望收割完成得越早越好，我说过，我能够理解。

帕克夫妇把收割机从拖车上开下来。我眯着眼向远方望去，竟然看不到麦田的尽头。麦田左侧的房子很大，我不禁在想，拉斯基家会有多少个孩子，我们会不会见到他们……

吉酱也把带收谷车的拖拉机从拖车上开了下来，接下来就得把割台装在收割机前面了。我已经说过，割台是联合收割机的旋转部件，它们才是实际上割麦子的地方。

约翰·迪尔公司的维修车总是跟在联合收割机后面，因为不同的代收公司都会在大致相同的地方同时作业。维修车载满了联合收割机部件，而且配有约翰·迪尔公司的修理师，假如收割机出了问题，他们就会过来提供帮助。其实通常用不着专家，因为大部分收割队里都有一名不错的修理师。就拿我们的队伍来说，最棒的修理师就是帕克先生。不过，要是电子元件坏了，那就得约翰·迪尔的专家出场了。

我看着达克先生和麦考伊先生爬进了两辆半挂车，帕克先生进了一辆皮卡。他们要返回堪萨斯州，去把其余的机器运过来。可怜的家伙，他们得开十八个小时车才能把事情弄完。接着，两台联合收割机和一辆收谷车向麦田驶去，这让整个地方听起来仿佛有架飞机正在起飞。

一切平静下来后，帕克夫人向我们走来，看上去心事重重。"你们应该能在附近找到一家杂货店，然后就可以给大家做三明治了。"她拿出一摞文件夹给欧巴酱，"我已经把整个收割季的伙食都计划好了，和以前一样，完整的食谱都在里面。这可花了我不少时间，所以请原封不动地按照上面来做。"她正准备离开，又转身补充道："午餐就弄金枪鱼三明治怎么样？别忘了我丈夫可不太喜欢放太多蛋黄酱。"她微微笑了一下，"当然，他今天不在这儿，所以不会吃午餐了，我只是给今后提个醒。"

她站了一会儿，又改变了主意："我又想了想，做鸡肉沙拉三明治怎么样？下个星期的菜单上已经有金枪鱼砂锅了，所以还是不要让大家吃腻比较好。第十二天会再安排金枪鱼三明治的。"她还是没有转身离开，又加上一句："只用小麦面包。真不知道为什么现在还在生产白面包……"话音刚落，她又咬着指甲，说："给冷藏箱买点儿冰，因为电冰箱在另一辆露营车里。你们还可以把所有额外的食物放进冷藏箱，那可是个大家伙。还要买上足够的东西，做三明治要用。"她只递给欧巴酱两张二十美元的钞票。

"她能过目不忘。"背后传来一个声音。我一转身，发现自己竟然和罗比四目相对。天啊！他竟然不是在对欧巴酱说话，而是在对我说话。"她脑子里装着整个收割季的菜单。我觉得等她死了，我们应该把她的大脑留下来，和爱因斯坦的比一比。"

"哇！"我说。可我发现这么说并不怎么高明，于是又加了句："那可真神奇。"这听上去还是有点儿傻，最后我终于说："我是说，真的酷毙了，爱因斯坦耶。"这是我现在能想到的最好的回应了。

"罗比不喜欢这样，因为我总是什么事情都记得，"帕克夫人笑着说，"是不是呀，宝贝？"她眼神里的爱意恐怕只能用"压倒一切"来形容。

"这让人很难辩赢你。"他回答。不过他露出了微笑，然后她也笑了。欧巴酱和我相视而笑的次数可能用两只手数都绰绰有余，而且只有在我们看她最喜欢的电视节目——《美国家庭搞笑录像》时才会那样。我觉得她在这世界上最爱干的事情就是看别人摔倒或者撞在树上了。

帕克夫人和罗比一起向她驾驶的联合收割机走去，拉斯基先生则走向自己的房子，这里连个留下来告诉我们杂货店在哪儿的人都没有。

第六章
最会说话小姐

我发现我最大的问题就是太乖了。
——萨默

在我上完厕所、欧巴酱吃了阿司匹林后，她、杰斯、闪电还有我一起回到了皮卡车上。欧巴酱缓慢地转了一个U字形的大弯，然后我们便再一次在土路上颠簸起来。"我们该往哪边走？"我问，"我可没在来时公路上发现有杂货店。"

"呃……"

要是和爸爸妈妈在一起，我就不用帮着找商店了，他们会搞定一切。可是和欧巴酱在一起，谁知道会发生些什么呢？突然我脑海里不知什么地方蹦出了一个念头：我应该用"了不起"这个词的，比如"你妈妈能过目不忘，真了不起"。我提醒自己，下次再对罗比这么说。

"仪表盘旁边的储物箱里有地图吗？"欧巴酱问。杰斯开始在储物箱里翻找起来。他每翻起一张纸就要停下来读一下，好像只有这样才能判断它是不是地图。

"只有一张全国地图。"最后他说。

欧巴酱把车开上公路，一直开到一个加油站。然后，她停下车，对我说："最会说话小姐，去问问杂货店在哪里。"

　　我下了车，走向加油站。加油站里有糖棒和饮料出售，但是不像别的许多加油站那样有小超市。售货员在柜台后面的转椅上坐着，于是，我说了声"嗨"。

　　"您好，小姐。"

　　"您能告诉我最近的杂货店在哪儿吗？"

　　"您要找什么？"

　　我停顿了一下，重复了一遍："杂货店。"

　　"我是问，您想买什么？"

　　"面包、鸡肉罐头、生菜、番茄，还有蛋黄酱。"

　　"听起来像是要做三明治。"他慵懒地把转椅转了一圈，然后重新转向我。

　　"是的，做三明治用的。"

　　那人又问："除了三明治，您还要点儿喝的吗？"

　　"是的，饮料也要。"

　　他傲慢地指了指放饮料的小冰箱。

　　我犹豫了一下，转身走向皮卡车驾驶座旁的窗户。"他问我们要不要买饮料，他们有可乐之类的东西卖。"

　　"他告诉你杂货店在哪儿了？"欧巴酱问。

　　"没有，我觉得他想要我们买饮料。"

　　"那里的饮料多少钱？"

“我没问。”

欧巴酱愁容满面地说：“要是这里的饮料太贵，我们买食物的钱不够怎么办？上车。”我一上车，她就发动了引擎。

我们到了一家小餐馆，可它是关着的，有可能永远也不会再开张了。餐馆的窗户和门并没有用木板封起来，但它就是给人一种彻底关门大吉的感觉。我们在公路上继续开了一段，又发现了一些以前是商店的建筑，上面的玻璃窗都用木板封起来了。我记得曾在学校里学过，随着孩子们长大并迁往大城市，一些大平原地区的小镇正在走向消亡。

我们一直把车开到了十英里开外的谷仓。

“这次我去。”欧巴酱说。她这一去仿佛离开了好几个小时。我开始看表。已经过去三十分钟了，汗水沿着我的额头往下直淌，把避蚊胺都弄到眼睛里了。我的眼睛马上就开始流泪，痛得太厉害了。

“我觉得你应该去看看。”杰斯终于说话了。

“不用，她回来了。”

欧巴酱上车时，手里拿着一张纸。

“你怎么耽搁了这么久？”我问。

“我们聊起了小麦，还有他远房兄弟娶的日本女人。”她边发动引擎边回答。

“那和小麦有什么关系？”

“没关系，但他一看见我就想聊这个。我和他聊天是因为他给了我很好的说明。"她把车再次开上了公路,"前面的镇里有大商店,但是附近有家小点儿的。注意看卡佛大道。"

我们又开了一英里左右才看到卡佛。欧巴酱向右转弯,然后一直开呀开呀,始终一无所获,最后只得停下来。她把说明递给我,说:"看看这个。我哪里错了?"

我看了看纸上密密麻麻的线条,回答:"我们应该在卡佛左转。"

"他告诉我右转,但是地图上画的是向左。我可能谈不上过目不忘,但是这个肯定没记错。"

等我们终于到达商店时,离开拉斯基的农场已经有一个小时了。我不禁有一种沮丧的感觉:我们有可能整个夏天都是这样——每到一个新的镇子就得到处寻找杂货店,而我这个"最会说话小姐"会一个接一个地询问店员。不过这倒不怎么令我烦恼,我知道我们来这儿是为了挣钱还贷。

回到农场时已经接近两点半了。欧巴酱的背疼得死去活来,但她还是铺开一张塑料布(这是我们用自己的钱买的),在那上面做起了三明治。欧巴酱是个完美主义者,她做的三明治简直就是艺术品。她能把三明治切成完全对称的三角形,而且总是会添上一片切得奇薄无比的洋葱,薄得几乎让人察觉不到。咬上一口,你会发现面包和肉的比例总是恰到好处。她还会用欧芹来装扮三明治,并且把欧芹多余的部分去掉,让它看起来像朵小花。我甚至还帮助她写过一篇关于如何制作三明治的文章呢。她把文章寄给一家本地报纸，结果他们没发表，于是她便取消了这份报纸的订阅。

收割队估计快饿死了。"你去告诉帕克夫人我弄好了——别说'我们'弄好了。"她嘱咐我。

我爬进皮卡车，然后按下了电台的通话键。帕克夫人还在驾驶联合收割机。"我外婆已经把三明治弄好了，"我告诉她，"她马上就来。"

欧巴酱带着三明治上了车。

"为什么弄了这么久？"帕克夫人问。

"我们得先找到商店。"我礼貌地问答。

起初是一阵沉默，然后她说："好吧。"她就中断了通话，但马上又打开了电台："我忘了把时间表告诉你们，从明天开始，我们要在七点吃早餐，正午吃午餐，下午七点吃晚餐。为什么找个商店要这么久？"

"我们对这里不熟。"我答道。

"你们就不能问问别人吗？"

欧巴酱一把抢过耳机，说："谷仓那个指路的人非要跟我聊天才告诉我怎么走！不是我的选择——不能不聊。"

"他有什么事非要跟你聊？"

"他远方兄弟的老婆。"

电台里谁也没有再吭声。

"我要被帕克夫人逼疯了。"欧巴酱说。不过我马上意识到，欧巴酱也要把帕克夫人逼疯了，可以说她俩是半斤八两。

为了找点儿事做，杰斯、闪电还有我坐着欧巴酱的车一起进了麦田。

罗比正忙着摆弄手里的什么东西，好像是台掌上游戏机，也可能是部智能手机。要是把我卖掉可以换台游戏机，杰斯估计早就这么干了，哪怕我只值二十五美分。我本来想跟罗比打招呼，可又想他为什么不能主动跟我打招呼呢？结果我俩谁也没跟对方讲话。我们把三明治交给帕克夫人后，联合收割机又轰隆隆地开走了，罗比的身影也消失在了麦田中。

回去后，欧巴酱抱怨道："我的脖子疼死了，待会儿你弄晚饭，我可能会起来帮忙。呃……"她就在皮卡的背阴面躺了下去，刚才她还在那里站着。她先是坐在地上，用手在后面撑着，然后才小心翼翼地躺下。

我在她旁边的阴凉处坐下，然后打开速写本，翻到一幅画了一半的画那儿。那幅画画的是一只蚊子在一片叶子旁边悬着，蚊子腿我画了一遍又一遍才画好。这是只公蚊子。公蚊子的触角像羽毛一样，画起来很好玩。母蚊子的触角要简单一些，触须也短一些。触须能够帮助蚊子分辨味道。接下来就是可恶的喙了，它就像一根活生生的长矛，可以从蚊子嘴巴周围伸出来。母蚊子用它来刺进人的皮肤吸血，有时还会害人丧命。我把维基百科上面的这句话背了下来："死亡就是维持生命体的所有生理机能永久停止运作。"

以前我养过一条名叫小鹿的老狗。有一天，小鹿跟着我到了洗衣机旁边。我停下来抚摸它，并且可以感觉到它真的、真的、真的很想让人抚摸。我从洗衣机里拿出一条羊毛围巾，放进烘干机。等我转身时，发现小鹿已经死了。我躺在地上，抱着它，直到后来妈妈发现了我们。我甚至不知道时间过去了多久，只知道烘干机已经停了。小鹿是知道自己快要死了，所以才那么渴望被宠爱。

妈妈说在我奄奄一息的时候，护士已经离开了病房，欧巴酱也是躺在我身边，抱着我。这太难以置信了，我还以为妈妈在撒谎。

我弄完蚊子速写本后拿起了一本书。那是学校要求我们阅读的书之一，书名叫《独自和解》。老师说我夏天必须读三本书。虽然《独自和解》是给高年级读的，我还是选了它，因为这是吉酱读过的唯一一本英文书，他想要我给他说说这本书讲了些什么。这本书曾让他伤透脑筋，所以他一整年都在催着我读。《独自和解》讲的是两个白人青年在二战期间去一所寄宿学校念书的故事。也就是说，那是一个对我来说完全陌生的世界。我已经读到第三十页了。我认识的一些小孩只会读跟他们有关的书，但我对其他的东西更感兴趣。

杰斯戴着大草帽，在炙热的阳光下摆弄着他的积木房子。

他是那么专心致志，我真怀疑他到底知不知道自己正在太阳底下暴晒。他搭的房子真的很厉害——不仅有四层楼，有阳台，而且内部还有家具。在他专心摆弄乐高玩具时，谁都不能跟他说话，因为他说不定就会情绪失控，可能会用脑袋撞东西，还有可能朝你扔杯子。

我环顾四周，观察着远方的麦田。我知道公路的另一端也有麦田。除了别的麦田，这里根本没什么地方可溜达，而除了在麦田里溜达，根本没有别的事情可做。

我们三人全都汗流浃背，真希望他们能把员工露营车先拖过来。不过我也明白，田里的收成比我流不流汗重要得多。我直接跳到了《独自和解》的最后几章。好吧，这不是个好主意，因为我越读越迷糊了。于是，我又回到了先前的地方接着读。

过后在我把鸡肉从冷藏箱里拿出来，准备做三明治时，我突然发现自己也在琢磨着《独自和解》，就和吉酱一样。这本书让我思考起自己内心深处的东西来。我究竟是好是坏，是两者兼具，还是别的什么样子呢？我每天扮演的角色是真实的我，还是说真实的我藏得太深、永远都无法知晓呢？我提醒自己，回家后一定要跟梅乐蒂讨论这件事。这时我突然意识到，我不是之前就提醒过自己什么事情吗？可我就是想不起来了。也许我该把提醒自己记得的事情写下来了，谁知道这么些年我都忘了多少事呢？可是，万一我的笔记本落

到别人手里，而且里面有些让人不好意思的东西可怎么办？

回到《独自和解》这本书上来。为什么一本大部分内容都平淡无奇的书却让我这么牵挂呢？真是太奇怪了。

电台突然响了起来，是帕克夫人的声音："要是你们听得到的话，能不能把三明治切成长方形，不要切成三角形，好吗？这样吃起来方便一些。"

"我要把她切成长方形。"欧巴酱小声抱怨道。

我跳上车，抓起电台，回答："嗨，我是萨默。这次我们一定切成长方形，我外婆只是觉得三角形更好看一些。"

"我其实也不想鸡蛋里面挑骨头，"帕克夫人说，"但是你们，或者说她能不能再稍微多放一点儿蛋黄酱呢？我觉得如果我丈夫在这里，他肯定也会喜欢稍微多放一点儿蛋黄酱的。"

"好的。"我等着她继续吩咐，结果她却没了下文。

"其实，我的三明治可以少放点儿蛋黄酱。"杰斯说，"既然我们吩咐你做什么你就得做什么，那你能不能把我的番茄片切得超薄呢？我喜欢带点儿番茄，但是不要太厚。"

"我喜欢厚点儿的番茄片。"欧巴酱说。

我真希望有个 MP3 播放器，那样就可以盖过所有人的声音了。我们的刀是在杂货店买的便宜货，本来想用它给杰斯切薄番茄片，结果却把番茄压碎了。

"还有，别把番茄切到最后带皮的部分给我，"杰斯说，

"那样就算很薄，我也不要。"

要是欧巴酱不在旁边，我肯定会叫他闭嘴。结果我真的说出口了："闭嘴！"

我等着欧巴酱发话，但她隔了一会儿才说："你禁足，萨默。呃……"

帮收时怎么禁得了足？

"你太敏感，你要坚强一点儿。"

收割季真是个惹是生非的好时机，因为我不可能被禁足。我在脑海里提醒自己，一定要检验一下这个猜测。然后，我叹了口气，小心翼翼地切了一片薄薄的番茄，给三明治稍微多放了一点儿蛋黄酱，除了杰斯的那份以外。而且，除了他那份之外，我给其他人放的都是厚番茄片。接着，我又把所有的三明治一分为二，切成长方形。我发现我最大的问题就是太乖了。我是说，我时不时也会脾气不好，可是没有人会当回事。但杰斯却能用发脾气来控制别人，他要是发火，大家就都会认真对待。要是我也像杰斯有时候做的那样，把杯子从房间的一头扔到另一头，全家肯定都会发疯。不过，要是能让他们把我更当回事，那么做也不一定是坏事。

电台又响了起来："三明治弄好了吗？"

我抓起电台说："是的，做好了。"

我们驱车到了联合收割机那边。帕克夫人忍不住在分发三明治前检查了一遍。

她突然把手放在我脑袋上，问："你们是怎么打发时间的，亲爱的？"

"我看书、画画，杰斯玩他的乐高玩具。"

"别担心，并不是每次都这么糟。"

随后她大笑起来。"其实我也不能保证。收割这事儿有个特点，那就是任何情况都有可能发生。"

我也微笑着说："还记得那一次我从收割机上跌下来，弄得大家都以为我摔成脑震荡了吗？"

她又是一阵大笑。"宝贝儿，有些人的身体协调能力天生就不怎么好。"

我无法忍受罗比只是坐在那儿，于是问道："罗比怎么样？"

"他迷上了'愤怒的小鸟'，每天晚上我都得把手机藏起来，免得他通宵玩游戏。"

我望眼欲穿地看了看他，旋即看向别处，以免被帕克夫人发现。

现在我是真的没事可做了，天一黑就更是如此。我们没有任何人工光源，所以身边至少不会有太多虫子，只有寻常可见的蟋蟀。由于天气炎热，它们的歌声简直成了嘈杂的风暴——气温越高，它们就唱得越快。

如果一切顺利，拖运员工露营车的半挂车应该在凌晨一点就能回来，说不定那时联合收割机也快收工了。我在皮卡仪表盘旁边的储物箱里发现了一支笔和一张便笺纸，然后打开了车里的灯。咱们来算一算：天气好的话，四台联合收割机大概每小时能收割八十英亩，八十英亩乘以十六个小时，就等于一天可以收割一千二百八十英亩。这座农场大概有七千英亩麦田，由于不可能事事一帆风顺，所以全部完工至少得要七天。

前面已经说过，收谷车把麦子倒进运谷挂车，然后大货车再把满载的挂车拉到谷仓。有时大货车要在谷仓排队等上五六个小时，有时前面一辆车也没有。最近的谷仓就是欧巴酱在里面问过路的那一座，它大概晚上十点才关门——这一点是她打听到的。有些代收公司在谷仓快关门的时候才卸货，这样一来，他们就得加几个小时班，直到收割机的集谷箱和运谷挂车都装满才收工。这样就得忙到凌晨一两点。不过在第二天早上谷仓开门时，大货车就能直接开过去卸货了。帕克夫妇的收割队不喜欢让司机们在晚上十二点后还工作，除非是为了在变天前抢收……我干吗操心这些事情呀？今天的任务我已经完成了，现在就等着露营车到来，然后正儿八经地睡觉。不过，我倒是很担心吉酱会不会累坏了。

我又下了车，和闪电散起步来。这时却听到了嗡嗡声——一只蚊子！我尖叫着，像发疯一般摇晃着身体。杰斯总是说，我摇晃起来活像具身上着火的僵尸。"只有母蚊子才会发出嗡嗡声"的说法是个误传，其实公蚊子和母蚊子都会发出嗡嗡声。闪电吠叫着，我不知道它在叫些什么。我喜欢光着脚丫，所以我脱下了鞋子。妈妈总是要我别这么做，因为这样有可能踩到各种各样不好的东西——在她眼里，地面就是个战场。

天色黑得伸手不见五指，让人有种莫名的兴奋。闪电和我慢慢地走着，以免撞上什么东西。这时候的日本正是白天，妈妈可能正在照料我的曾祖父和曾祖母，给他们清洗身体，喂他们吃东西，或者光是陪着他们。

我停下脚步，凝视着黑暗，感觉自己就是黑暗的一部分——我是指好的方面。有时我真的很喜爱农场的生活，它会让你觉得自己和泥土、麦子，还有花草树木不分彼此。

我听到有什么东西在动，心里开始怦怦乱跳。那有可能是一头郊狼，闪电会把它吓跑的。不过，我还是被吓到了，所以不想继续散步了。吉酱说，自从生病后我就变成了胆小鬼。可是，在夜里黑暗处动啊动的东西真的很吓人呀！我转身往回走，但愿自己的方向是对的。我连一丝联合收割机的灯光都看不见，它们肯定都在麦田远处的那一头。

我喊了一声："杰斯？"他没有回答，于是我喊得更大声："杰斯？"

欧巴酱回喊道："大家都被你吵死啦！你走路的声音就跟丛林里的犀牛一样大！"

我严重怀疑她到底有没有听过犀牛在丛林里走路，不过听到她的声音我真高兴。我朝着她的声音走，一会儿就听到她说："这边。"

我举起手来回摸索，这才摸到了皮卡车。但我不小心踩到欧巴酱的手了，她大叫道："我的手！你把我完美的手给毁了！"

"真对不起！杰斯在哪儿？"

"他睡车里，你也是。"

我和闪电爬进了皮卡，然后在后座上躺下。闪电想趴在我身上，我推不动它，它又壮又倔。于是，一条九十五磅重的多伯曼短尾狗睡在了我身上。说真的，多伯曼短尾狗的肘部硬得像石头。我集中全身的力量（就像我制服杰斯时那样），闷哼一声，终于把闪电推了下去。它在车厢底板上蜷成一团，睡着了。

我被一阵嘈杂的声音吵醒，一辆大货车拖着员工露营车回来了。杰斯坐起来，在前座上伸着懒腰。皮卡的后门只有在一扇前门打开后才能打开，于是我爬到前座，然后和闪电、杰斯一起下了车。拉斯基先生显然也被吵醒了，他正披着睡袍在不远处站着。其他的联合收割机已经从田里回来了。我眯着眼看了看大货车的大灯，然后看了看表，时间是凌晨两点四十七分。

帕克先生已经在给露营车接上水电设施了。耶！有真正的床睡喽！我步履蹒跚地走进露营车，摸索着墙上的电灯开关。灯亮后，我发现自己站在厨房里，右边是沙发和电视。我把露营车的两端都检查了一遍，发现它们一模一样——每边都有六张床，两套三层高低床。我知道吉酱和欧巴酱肯定要睡底层，我睡中间，这样闪电也可以爬上来。我告诉它："上来！"然后它便挤上了狭窄的床。

虽然床板很硬，但真的比皮卡的后座睡起来舒服多了。平时我都会先冲个澡再上床，但是现在太累了，我觉得就算不洗也睡得着。随后，我的家人们便拖着疲惫的身子一起走了进来。吉酱看上去累得不行，脸上的皱纹似乎比平时更深了，仿佛是个吸了一辈子烟的烟鬼似的。"你要开空调吗，俊？"欧巴酱问。

"哈伊。"他回答，然后咕噜了一声，躺在地上。

"我来开。"杰斯说。他打开空调，然后爬到另一架高低床的顶层。他没有牢牢地抓着阶梯，而是随意地搭在上面——从这就可以看出他有多累。

欧巴酱不满地瞅了瞅她的床，然后用手按了两三下，说："萨默，帮我把垫子扯下来，我要把它垫在地上睡。"

我顺从地爬下床，帮她扯下垫子，然后又爬了回去。

"我改变主意了，"她又说，"我觉得我可以把垫子垫在床上睡。萨默……"

我觉得她是在故意为难我，可我又能怎么办呢？我只好爬下床，把垫子又放回床上。不过，这次我没再急着爬上去。

"然后呢？"我问。

"还是地上好些。"

"我就知道是这样。"

"你在讥讽我？"

"没，我只是猜到了而已，就是这样。"她用怀疑的眼神看着我，不过我什么也没说，只是把垫子铺在了地上。然后，我就关上灯上床了。

"啊，北枕！"欧巴酱叫道。她低声呻吟了一下，然后在一阵翻箱倒柜之后，又呻吟了起来。

"北枕"是日本的一种迷信说法，意思是说睡觉时脑袋朝北不吉利。可床已经都铺好了，所有的枕头都朝向北方。估计欧巴酱掉了个头，现在脑袋该朝南了吧。没想到这时她却说："萨默？"

"嗯？"

"我想睡东边，把我的垫子挪一挪，我拿不动。"

垫子其实一点儿都不重，可我还是小心地爬下床，然后摸索着走向电灯开关。我要是不弄死个把人，真不知道这整个夏天怎么熬得下去。

"别着急，"她说，"我还是喜欢南边一些。"

"你故意的！"我忍不住叫道。

"什么意思？"她摆出一副最冤枉的表情，让我更加起疑。

"你故意让我爬上爬下，因为你觉得这样很好玩儿！"

"这有什么好玩儿的？"

"行，那在我上床之前你还有什么事情？"我恼火地问。

"半夜里我还能做什么？"

欧巴酱躺下去，闭上了眼睛。我回到床上后，一点儿想睡的意思都没有了。我凝视着黑暗，把自己的手想象成罗比，练习接吻。可是欧巴酱肯定会知道，我可不想在她面前出丑。于是我翻过身，背对着房间，然后轻轻地亲了一下手。我不清楚嘴唇要多软才合适，也不知道嘴唇该怎么动才对。我的朋友们谁都还没亲过男生，不过班上另外一个女生在派对上亲过，那个男生后来在上课时给她传纸条，管她叫做"直布罗陀巨岩"——因为他说她的嘴唇太硬了。那个女生当时就哭了，就在数学课上。有了这样的经历，估计一辈子都要难受吧。

第七章
怪人思想家

认真思考就有出息吗？
　　　　　　——杰斯

第二天早上睁开眼时，杰斯和吉酱还在酣睡，但欧巴酱已经不在垫子上了。我爬下床——闪电直接跳了下来——赤着脚走向厨房区。然后我停了下来，因为我看见爱尔兰伙计、麦考伊先生还有帕克夫妇已经在那里喝麦片粥了，所有人都挤在车里内置的椅子上。达克先生拖着第四台联合收割机，可能还在从堪萨斯州来的路上。接着，欧巴酱发现了我，说："萨默，过来喝麦片粥，趁现在还有。"我走进房间，感觉真是丢死人了，因为我正穿着睡觉时穿的那件傻不啦叽的 T 恤，被罗比看到了。衣服前面还写着"我喜欢做家务——才怪"。

"我喜欢做家务——才怪。"罗比干巴巴地念着。

"啊，以后你会给别人做个贤妻良母的。"米克说完，大伙儿便哄堂大笑。

我已经脱不了身了，于是抓起一盒"嘎吱船长"牌麦

THE THING ABOUT LUCK

片倒进碗里，由于牛奶所剩无几，我只加了一丁点儿进去。欧巴酱不知为什么看着我直摇头。我一只手端碗，一只手拿勺。

"哦，坐下来吃，亲爱的，"帕克夫人说，"坐那儿，挨着罗比坐。"

大伙儿挤得更紧了，我坐在罗比旁边，和他肩膀靠在了一起。虽然我的 T 恤差不多已经快到膝盖了，我还是把它能拉多低就拉多低。

"真奇怪——你的脸红得像烧起来似的，"帕克夫人说，"你感冒了吗？"

所有人都看着我。"我没事。"说着，我挤出一个微笑，然后扒了一口麦片。

帕克夫人笑了。"我好像还没见过像你这么乱的头发呢。"

"是的，夫人，夜里头发缠得很乱。"我说，"我翻来覆去睡不着。"还能再丢人一些吗？

"老天，也许你应该把头发剪短点儿。"

"嗯，也许是的。"

是的，还可以再丢人一些，因为罗比这时说："你身上有股怪味，好像是……杀虫剂？"

"罗比的鼻子很灵。"帕克夫人说。

好吧。"去年我在佛罗里达被蚊子传染了疟疾，差点儿

明天会有好运气

死掉，所以我就涂了避蚊胺，然后沾到衣服上了。"

他若有所思地打量着我，好像我的话十分深奥似的。他的眼睛是绿色的，其中一只下面有个褐色的小痣。我还从没见过像他这么好看的人。突然，他露出一副不怀好意的表情，用几乎讥讽的口吻问："你不知道用洗衣机吗？"

我顿了一下，琢磨着该讲点儿俏皮的话，给自己挽回点儿面子。我回答："我们家里没有洗衣机，我们在浴缸里放上肥皂水，然后由我来用脚踩。"

罗比停顿了一下。为了表明这是个玩笑，我露出了顽皮的微笑，他也露出了微笑。

"你在开玩笑，还不错。"说着，他又倒了点儿麦片。

耶！不管还会发生些别的什么事情，今天都是个好日子，因为他说我还不错！

在大家谈论收割的时候，我吃完了自己那碗麦片。假如一切顺利，我们一个星期后就要向俄克拉荷马州出发了。虽然就快下雨了，不过由于得克萨斯州在庄稼生长的季节干旱少雨，所以现在没有多少庄稼可收，有些代收公司干脆连来都不来这里。听帕克先生说，要想按时前往俄克拉荷马州，现在开始就得每天工作十六个小时。农场主——尤其是代收公司——如果不把每一粒麦子都收进谷仓，就绝不会安心。只有麦子都入仓了，大家才能歇一口气。

罗比看了看表，仿佛和谁约好了见面似的。然后他转向我问:"你带了很多作业吗?"

"嗯,不过我可能不会全都做完,老师们可不会真的指望帮收的孩子能做完所有的作业。"

"我知道,可是我得把作业全都做完,我爸爸简直是个暴君。你要帮你外婆做饭吗?"

"啊哈,那可是我最重要的差事。每一顿饭我都要帮忙哦,比如洗碗、煮火鸡什么的。你有杂活儿要干吗?"

"我说过,我爸爸是个暴君,所以,每次我们换农场时,我就得清洗和检查联合收割机。我要检查所有的液位——发动机的润滑油、水箱里的水,还有液压油等等。我还得检查轮胎,检查切割器和护刃器,给十小时型黄油嘴上油。除了这种型号以外,还有二十五小时型、五十小时型和一百小时型黄油嘴,不过它们只需要在机器运转了那么久之后才上油。我还要用高压水冲洗滤清器,还要清洗驾驶室的窗户及内部。"

"听起来可有你忙的。"我说。关于清洗联合收割机,我只知道一点儿皮毛。有一次我在帮收的时候睡不着,然后出去溜达,发现爸爸正在清洗他的收割机。很多代收公司都要员工清理各自驾驶的收割机,而我们则有额外的帮手罗比来帮忙。

"每台联合收割机都需要打理一个小时左右。"他耸耸肩,说,"不过我喜欢这工作,而且也必须喜欢,因为上大学以前我一直得干这份活。”

“哇！”我感叹道。他的嘴唇上边有三个小雀斑。

“你‘哇’什么？”

“哇，我还从没想过上大学的事儿呢。”

“你多大了？”他问。

“我十二岁，但虚岁已经十三岁了。”这话说得真够傻的，但罗比什么也没说。

这时传来了敲门声，然后还没等谁说一声“请进”，门就开了。原来是拉斯基先生，他说：“有人看过湿度计了吗？昨晚相当干燥，现在也许可以开工了。”

“三十分钟以前我看过，湿度是十四点五。”帕克先生告诉他。

“那现在应该可以开工了。”

虽然帕克先生连早餐都还没吃完，但他还是马上和拉斯基先生出了门。

除了欧巴酱和我之外，其他人都跟出去了。麦子能不能收割对我的生活可没什么影响，于是，我开始收拾餐桌。

桌子很容易收拾——我说过了，按照菜单上的安排，我们只在星期天才做全套早餐：这样的一餐包含炒鸡蛋、香肠、吐司之类的。我喜欢日式鸡蛋松，也就是加了糖、酱油还有米酒一起炒的鸡蛋。酱油在英文里的字面意思是“大豆酱”，听起来怪怪的，没有了酱油那种纯净完美的感觉，而像是塔巴斯克辣椒酱之类的东西。总之，我在心里提醒自己，一定要问问帕克夫人，我们能不能在哪个星期天给大家做日式鸡蛋松。

欧巴酱拿起一个被我放在收纳架上的碗，指着它问："这是怎么回事？"

我承认碗的外侧的确沾着一小块黏糊糊的东西，于是，我把它拿过来重新洗了一遍。欧巴酱检查了一下，然后把架子上所有的盘子挨个儿擦干。

"我洗灶台，你遛闪电，然后回来做作业。"

我拿了一个网球，牵着闪电走到车外明媚的阳光下。我们玩了大概十五分钟捡球游戏，直到它累得舌头都在嘴巴外面伸得长长的才停下来。我给它弄了点儿水，希望它精神起来能再玩一会儿，那样我就可以晚一点儿再去做作业了。可是，它把水舔了个精光后，就回到露营车门口看着我。好吧，那我就该做作业了。

在露营车里，杰斯正在餐桌上做他所谓的"作业"。他本来应该做一份详细的家谱，但我知道有些部分是他瞎编的。我们家族里都是些农民和渔民——谁都知道这一点，可是我早些时候偷偷瞟了一眼那张纸，发现他竟说我们家出过几个武士。

我拿出《独自和解》读完了中间部分。这样一来，这本书我是先读第一部分，接着读最后一部分，最后才读的中间

部分。我真不知道该怎么写读后感，因为我压根就没读懂这本书。接下来就该读剩下的部分了。这本书应该是高年级读物，可我一个朋友念高中的姐姐说，她觉得这本书是她读过的最糟的书。我和她的看法既有几分相似，又有几分不同。也许我写的时候应该实话实说，承认这是我读过的最糟糕的书，但同时它又引发了我对自己的思考。我认识到，每个人的内心都有各种各样的东西，它们大都只有在适当的条件下才会显现出来。所以说，我的内心差不多就是一大片荒野，而在这片荒野的周围还有一圈修整得漂漂亮亮的草地。这么一想，我还真有点儿像天才呢。唯一的问题是，我知道自己并不是天才，我早就做过智商测试。

我和杰斯是在吉酱的要求下做的智商测试，他说这样就能更加了解我们。杰斯的得分是"优异"，可是在现实生活中，他简直就是不及格。我的总体得分是"中上"，但我不理解的是，这意味着我总是表现为"中上"，还是时而表现为"优异"、时而表现为"中下"呢？不过话说回来，不管怎样都无所谓。

我把闪电抱进怀里。有一次，杰斯对我班上的一个男生说我还在抱着企鹅娃娃睡觉。于是，我告诉杰斯，我爱闪电比爱他多十倍，结果妈妈一个星期都不准我出去玩。她很担心我对闪电的喜爱会妨碍我"适应社会"——这是她的原话。我有那么多朋友，怎么会不合群呢？我很好奇，假如我把每次禁足都加起来，时间总共会有多长呢？三个月？五个月？八个月？

欧巴酱清洗完餐桌和灶台后，就在厨房区的地板上躺下了。过了一会儿，她闷哼了一声，支起身子，说："我们现在得去趟超市。帕克夫人喜欢鲜肉，不喜欢冷冻的。我们还得买水果和蔬菜。"

杰斯和我站了起来。我问他："我能看看你写了什么吗？"

"不行，和你又没有关系。"

"可是你的家谱和我的家谱应该是一样的啊。"

"那你还用得着看吗？"他反问道。

我们的车从土路开上了公路。"超市不知道在哪边，"欧巴酱说，"萨默，你选一条路，要是选错了，整个星期都归你做午餐。"

"为什么不打听一下呢？"我问。

"因为别人都没你聪明。"杰斯说。

"我才不选呢。"我抗议道。

欧巴酱点了几下头，然后选择了左拐。我们沿着公路行驶，周围都是如影相随的麦田。

欧巴酱突然问："十五乘以四。"

她喜欢考我数学题，因为我数学不怎么好。不过，我们早就学了乘法表，于是我回答："六十。"

"不对！"

"欧巴酱，我没错。"

她停下车，然后从手提包里取出纸笔。"咱们来算算……十位进二……好吧，你是对的。看到没有？你说我从不认错，那句话可以收回去了。"

"可这是头一次呀。"

"收回那句话，然后认错。"

"我收回那句话，是我不对。"我说。我真不明白，为什么她错了，结果却要让我承认错误？于是，我又加上一句："可是你也犯错了！"

"那个问题已经没什么可说的了。"她回答。

杰斯用脑袋轻轻地撞着仪表盘，每撞一下，他都吐出一个字："我，没，有，犯，错。"

车里几乎只剩下闪电是个正常人了，可它甚至都不是人类。

杰斯突然恢复了镇定，坐得直直的，肩膀也再度放松下来。然后，他开口说话了：

"昨晚我醒来时发现，我的玩具兵全部都活了。它们在谈论一场激烈的战斗，中士问我想不想参战，可是我太困了，不想参加。"

我看着窗外，而杰斯还在继续说着："中士叫我去冲个冷水澡清醒清醒，然后我照做了，可我又发现自己还是不想去打仗，因为我只是个小孩，打仗应该是大人的事。"

我靠在座椅上，他还在说个不停，从每个玩具兵穿什么，它们的军牌号是多少，发型是什么样子，一直讲到它们的手指是肥是瘦，还有数都数不清的其他细节。爸爸妈妈曾经带他去威奇托市看过好几个儿童心理医生，有一个医生说他得了 ADHD[1]，有一个说是 PDD-NOS[2]，还有一个说他得的是 OCD。我不清楚前面两个缩写是什么意思，只知道 OCD 代表"强迫症"。就是因为这样，他才会别的杯子都不用，只用三个特制的杯子。那三个医生都想给他开药，治疗他用脑袋撞东西的问题，但爸爸妈妈拒绝了他们的好意，吉酱和欧巴酱也是。我们都已经学会了怎么和杰斯相处，所有这些都不成问题，只不过是生活的一部分而已。

前方什么也没有，可是欧巴酱却突然放慢了车速，害得我们都因为惯性而猛地往前倾。欧巴酱的刹车策略对我来说一直是个谜。我正准备问她为什么刹车，但转念一想还是算了，因为她只会把那全都说成是我的错。我可能总的来说不是什么天才，可是一谈到怎么和欧巴酱打交道，我还真是时不时就迸出天才的火花。

我靠在闪电身上，发出那种大多数人逗婴儿时用的很小的声音。欧巴酱还在莫名其妙地刹车。终于，我忍不住问道："欧巴酱，你为什么总不停地刹车呀？"

83

---

[1]ADHD：注意力缺陷多动障碍。
[2]PDD-NOS：待分类的广泛性发展障碍。

"每次你对闪电发出怪声音，我就觉得自己要撞车了，都是你的错。你不喜欢，坐的士去。"

我就当什么都没发生。

一丝风都没有，麦田一动不动。

我在想，那个算命的女人要是看到这个会怎么说。天空中突然布满了云朵，可它们不久就又消失得无影无踪，假如你告诉别人刚才多云，估计别人都很难相信。

我从车后的挡风玻璃向麦田间蜿蜒的公路望去：公路、麦田、天空，多么单纯。和威奇托那样的城市相比，这里就像一扇通往另一个世界——我们的世界——的门。每当我凝望着麦田，就会有一种奇怪的感觉，仿佛我人格中的尘埃稍微安定了一些，仿佛我不再困惑，心思也不再到处乱飞，我就是我，对任何事情都没有疑问，也没有担忧，甚至没有悲伤。然而，那是不可能的，因为我甚至都不喜欢麦子，不是吗？

一只蚊子在我前方嗡嗡地飞着，我两手一拍，把它给拍扁了。我看了看，是只公蚊子，它的喙是羽毛状的。

在那部老电影《变蝇人》中，杰夫·高布伦扮演了一个半人半蝇的角色。我病得非常厉害的时候就有那种感觉，觉得自己正在变成别的什么东西。有些科学家想要消灭世界上所有的蚊子，觉得这样就可以防止登革热、西尼罗河热和疟疾等疾病，有益无害。我怀疑这究竟是不是真的，会不会每

一种生物的存在都有其意义呢？

"你在这儿干吗？"我问那只被拍扁的蚊子。

"欧巴酱，萨默又在对着死蚊子说话了。"杰斯的话把欧巴酱逗笑了。

然后欧巴酱收起了笑容，说："萨默和杰斯总是能让我忘掉疼痛。"

超市里面开着空调，简直就是天堂。除了前台有两个收银员，整个地方在我目力所及的范围内都空无一人。我并不是常常来超市，我们在家买东西只用到附近的杂货店去就行了。超市门口有个很大的招牌，上面写着"盛大开业"，下面写着"只要建好了，就会有人来"。

这家超市这么大却这么空，多少有些出乎意料。欧巴酱递给我一份食谱，上面写着本周接下来的所有伙食，我得把还没有划掉的食材都弄到手。

帕克夫人把每个人要吃的麦片分量算错了。我拿了五盒麦圈放进推车。原味脆谷乐是美国销量最好的麦片类产品，它诞生于1941年，原来叫燕麦乐，后来在1945年改名为脆谷乐。我为什么会知道这些？那是因为学校曾经要我们写过一篇小论文，研究堪萨斯州山产的十大农作物。燕麦对于堪萨斯州的经济来说没有小麦重要，可我还是选择了研究燕麦，因为我觉得自己对小麦已经知道了不少，想要了解一些新东西。上次我数了数，在当时共有十二种不同口味的脆谷乐。

在乳品区，我看到了乳酪、脱脂牛奶、调味牛奶、无乳糖牛奶、低脂牛奶、减脂牛奶、全脂牛奶、杏仁奶、椰奶、米浆，还有豆奶。帕克夫人想要含脂量仅为 2% 的牛奶，这让欧巴酱很生气，因为她坚持认为全脂牛奶好，尤其是对于长身体的孩子来说更好。所以啊，我特地给自己和杰斯额外买了一盒全脂牛奶，虽然清单上没有写这个，而且帕克夫人要欧巴酱一字不漏地按照上面写的来。我想我们已经有点儿自作主张了。

接着，我们把清单上没买过的所有东西都买了。付钱的时候，收银员几乎从头到尾都在对我们微笑，哪怕谁都没有讲话。走的时候，她不仅笑得更殷勤了，而且说："谢谢你们，期待各位再次光临！"

回去的路上，欧巴酱一直都在低声呻吟，我知道她肯定很痛苦。她吃了几片阿司匹林，然后说："要是我被阿司匹林毒死了，帕克就会炒了咱们的鱿鱼。来，拿着这个。"她把车停在路边，然后把手机递给了我。

手机一有信号，我就帮欧巴酱给帕克夫人拨通了电话。"我们就快回了，"欧巴酱说，"好……好……好……好……好……再见。"她把电话交给我，说："把它关掉，一定别再打开。"

我看了看手机，说："已经关了。"

"要是你错了，她听到了我，你就禁足。我把收割季罚你的每一次禁足都记下来了，到时候你很长时间都不能出去玩。"

"已经关了。"我又说了一遍。

"我只是想说，我想说，那个女人真把我逼疯了。"

"她只是很关注细节而已。"我说。

"我也喜欢细节，我也爱细节！细节是我在世界上最喜欢的东西！但是她把我逼疯了。"

等我们回到拉斯基的农场时，已经是下午了。联合收割机全都在顺利地作业。一走进露营车，我就在电台上呼叫帕克夫人："帕克夫人？我们回来了，要给大家做三明治吗？"

"是的，当然要做。我已经决定把晚餐挪到八点了。"

"好的。"

"就我个人而言，我喜欢一天吃三顿正儿八经的主餐，不喜欢现在流行的那种六顿辅餐。"

"是的，夫人。"

"就我个人而言，我做任何事情都喜欢按传统方法来。"

欧巴酱脸色阴沉地看着我。"是的，夫人。"我向帕克夫人回答道。

"我想上电视，参加那些个美食节目。我觉得自己的配方真是棒极了，我还打算自费出版一本菜谱，那肯定会是本畅销书。"

"是的，夫人。"

"不管怎样，你得准备做三明治了。"

"是的，夫人。"

我放下了无线电台。

欧巴酱用手心揉着太阳穴，说："她毁了细节这个词。"

欧巴酱做好三明治后，开车到收割机那边去送饭了。我走进卧室，拿出我那个包着一只蚊子的幸运琥珀。我把它按在额头上，然后用吉酱教我的方法开始冥想。首先，我进行了鼻孔交替深呼吸，然后躺下来舒展四肢。闪电以为这是在请它就座，于是在我身上来来回回爬了三遍，最后在我的小腿上歇了下来。吉酱鼓励我挑选一个合适的人敞开心扉，我对詹森敞开了心扉，说："我接受你本来的样子。"真没想到，他竟然还在我的脑海里——可是他的确还在。我试着想象他的模样，可我平时闭上眼睛，只能看到些杂乱无章的光亮和形状。帕克夫人曾说，假如她刚读了一本书，她的脑海里就能看见一页接一页的文字，挑一页出来，她还知道上面写的是什么。

做完呼吸练习后，我像吉酱有时要我做的那样，对杰斯敞开了心扉。然后，我试着把闭上眼睛后看到的一部分东西理出头绪来。由于脑海里的混乱，我总是不能很好地冥想。过了一会儿，我有些分不清是梦是醒了，只知道接下来杰斯把他的脸向我的脸凑近了一英尺。

THE THING ABOUT LUCK

"嘿，萨默？"他问我。

"你吓着我了！"我叫道。

"学校里有两个小孩说我是个怪人。"

"哪两个？"

"反正就是两个小孩。"

"你不是怪人。"我说。

"那你觉得他们为什么这么说呢？"

"因为他们是无心的。"我肯定地告诉他。

"萨默，你就不能说实话吗？"

我想了一下，决定把我此刻对他的真实想法告诉他："我认为你是个感情十分强烈的男孩，而且非常专注，吉酱说这样的人会很有出息。"

"认真思考就有出息吗？"杰斯问。从他的声音可以听出来，他似乎已经从自己是个怪人的想法中走了出来，转而玩味起自己是个伟大思想家的可能性。

"是的。"

"那可真有意思。"他显然在琢磨着自己应该成为哪种伟人。

厨房里传来说话的声音，我意识到那是罗比在和欧巴酱讲话。我真想过去看看罗比，可是杰斯真诚的表情（他的额头上有几道伤痕）告诉我，此时他需要我全心全意地关注。

"那为什么学校里的小孩谁都不跟我交朋友呢？"

我试着给他一点儿建议："因为有时你在错误的时间说了错误的话。"这时我听见罗比说："好的，谢了。再见。"然后是开门关门的声音。真见鬼。

"怎么可能在错误的时间说错误的话呢？"杰斯问我，"如果你有个想法，干吗不说出来呢？"

"就比方说，老师说你在考试期间唱起歌来那一次。"

"那次考试我得了 A。"

我装作没听见，继续说："还有一次我们到镇上去，你问你班上那个男生愿不愿意过来玩。"露营车被风刮得有些摇晃，今晚的空气肯定会干燥，而且会刮大风，纷飞的尘土和碎麦子会把联合收割机变成一团团巨大的风滚草。

"问他过来玩有什么不对的？"

"你不能那么问人家。"

"为什么？"

"因为他还不是你的朋友。"

"如果他不过来玩，又怎么可能成为我的朋友呢？"

杰斯真让我头疼。我听见欧巴酱在呻吟，于是支起身子，两膝并拢，跪坐起来。我无语了，他真是个奇怪的男孩。

最后我只好说："你会再交上朋友的，只是可能需要点儿时间。"然后，我站起来问："我得去给欧巴酱帮忙了，你来不来？"

"不去。"

欧巴酱正在厨房里做意大利千层面，她看都没看我一眼就命令道："你做布朗尼蛋糕。"

"你怎么知道是我？"

"我后脑勺长着眼睛。"

我拿出搅拌盆，说："你总是教我要说实话。"

"我从不撒谎。"

"可是你刚刚说你后脑勺长着眼睛。"

"我是不是看都没看就知道谁来了？"

"对。"

"那我就没撒谎。"

八点左右，欧巴酱开车带着我一起去送晚餐。我看见罗比在前面骑着一辆越野摩托。到了联合收割机那边后，欧巴酱和我把食物像自助餐一样摆在皮卡车的敞篷货台上，然后给大伙儿支起一排帆布折叠椅。收割机驾驶员们都舒展了一下筋骨，然后才开始吃饭。

"有意大利千层面，"我自豪地说（虽然不是我做的），"还有当餐后点心的布朗尼蛋糕。"

帕克夫人已经在打量食物了。"哦，亲爱的，西蓝花煮过头了，"她看着我和欧巴酱，说，"要说我有什么不喜欢的，那就是把蔬菜煮过头了。我在食谱开头的说明里难道没有提过这一点吗？"

欧巴酱一言不发，所以就由我来背黑锅了："我们还没来得及读完整个前言。不过，西蓝花还是有点儿嚼劲的。"

"哦，亲爱的，你必须读一读前言，那可是我全部的烹饪理论啊，今年刚写的。西蓝花还得稍微脆一点儿。"

"对不起，我会读的，我保证。"我感觉完全泄了气。她倾身稍微闻了一下千层面，但什么也没说，而布朗尼蛋糕她干脆只是瞟了一眼。

大家抓起可重复使用的塑料餐具，坐了下来。我站在一旁观察。米克叉了一叉子千层面，送进嘴里，然后露出不大高兴的表情。咽下去后，他说："有点儿像干酪，是吧？"我马上开始讨厌起米克来。

帕克夫人一脸不爽地说："这可是按我的个人秘方做出来的。"说着，她也尝了一口，吧唧几下嘴后，她摇着头说："哦，不对、不对、不对，这完全不对。帕马森干酪放太多了，而且一点儿罗勒都没有。"

欧巴酱显然不会参与这场对话，所以只有由我来应付："其实是因为商店里没有新鲜罗勒了。"

终于，欧巴酱忍不住说："你食谱里说的帕玛森干酪不够，千层面要放那个什么来着——叫做果珍的东西，所以我多放了点儿。"

帕克夫人用难以置信的表情看着欧巴酱，现场突然间鸦雀无声。

然后，帕克先生说："哎，行了。宝贝儿，其实还不错。

我喜欢果珍。"

帕克夫人恶狠狠地看着他，仿佛要拿一把屠刀插进他的心脏似的。

"不管放没放果珍，我只知道这食物不错，而且我饿了。"他说，"坐下来吃吧，甜心。米克，吃点儿干酪对你有好处。"

帕克夫人转向欧巴酱，说："这是我最后一次——我是说真的——最后一次容许你背离我的配方了。"

欧巴酱问："什么叫'背离'？"

"背离的意思就是改动，"帕克夫人回答，"你必须完完全全按照我的配方来做。你得知道，在我嫁给我丈夫以前，我曾经在烹饪学校学习过，而且当了七年厨师。"

欧巴酱点点头，说："你的了不起的厨子，我知道，但是你的学校没教你关于果珍。"

我真没料到欧巴酱竟然会顶撞帕克夫人。

"以后我会完完全全按照你的配方做，"欧巴酱继续说，"但是我对果珍很有感情。不过你是老板，我不用果珍就是了，我说到做到。"

以前我还从没听欧巴酱用过"果珍"这个词。

欧巴酱和我坐下来，开始和其他人一起吃饭。千层面其实一点儿都不难吃。是的，它的确比普通的千层面加了更多果珍粉，但还是很好吃。每个人都把自己那份一扫而光，男人们甚至全都吃了两份。接下来吃布朗尼蛋糕的时候，谁都没有评论什么，我猜应该味道还不错，我个人觉得自己的布朗尼蛋糕真的很棒。

这时罗比突然说："这布朗尼蛋糕不错。"

"是我做的。"我说。说实在的，它们棒极了。

在收割季接下来的日子里，我真想天天都给他做布朗尼蛋糕。

第八章
农场主就是国王

轻信也没什么不好呀，要是不
轻信，怎么会快乐呢？

——吉酱

　　第二天早上，我最早起床去做早餐。今天是星期天，所以要做全套早餐，十二口人都期待着我们每周一次的大餐。我现在心里还是美滋滋的，因为罗比喜欢我做的布朗尼蛋糕。说实话，我甚至开始觉得，它们可能是我尝过的最好吃的布朗尼蛋糕了。而且，我实际上不小心多放了点儿糖，超过了食谱上规定的量。

　　吉酱走进厨房，打量着我准备用来炒三十个鸡蛋的平底锅。这口锅是用特氟龙做的而我们家连一样特氟龙做的东西都没有，因为吉酱觉得这些奇怪的锅和煲上面涂的是一层不明不白的化学品，只要是用它们弄的食物他一概不吃。这会儿吉酱一手按着心脏，差点儿向后跌倒，我知道这是因为他看到了特氟龙做的锅。等他站稳后，我说："放心吧。"然后，我拿出一个小一点儿的不锈钢平底锅，用专门为他买的油给他做了三个单面煎的蛋。这种油混合了食用草料的奶牛出产的黄油、有机椰子油和有机特级初榨橄榄油。吉酱吃的垃圾食品和大家一样多，但是他用这种神奇的食用油做补偿。

洗碗是倒霉的我在家里和帮收时都要干的差事，因此我没少刮坏平底锅，所以不管特氟龙是谁发明的，我都觉得那个人为世界干了一件大好事。我很好奇，发明特氟龙的人会不会跟杰斯一样，是个一天有十二小时都待在实验室里的聪明家伙，一边嚼着泡泡糖，一边一个接一个地吹着大小一模一样的泡泡？

"我觉得特氟龙这东西很不好，"吉酱说，"发明特氟龙的人肯定更看重东西方不方便，而不大看重好不好。"

我把其他人的炒蛋都一起做好了，还烤了一条白面包，给它涂了黄油。我还炸了三十根香肠，煮了咖啡和泡茶用的热水。之后，我用电台呼叫帕克夫妇，告诉他们："早餐做好了。"想到自己就要走进驾驶员们的寝室了，我还有点儿不好意思呢。终于，我蹑手蹑脚地向前走去，看了看他们的寝室内部，说："吃早餐了。"但声音不够大，谁也没叫醒。于是，我深吸了一口气，大声叫道："吃早餐了！"结果比我本来设想的声音还大。

"丫头，我们没聋。"米克说。伙计们开始起床了，有的只穿着内裤。我只看了半秒钟，马上就逃了出去——他们胸前都是毛！很多很多！

欧巴酱在布置餐桌。早餐从来都是在室内吃的，真不明白为什么，可能帕克夫人就是喜欢这样吧。我还从没听说过别的收割队会给工人们做熟食早餐，哪怕星期天也不会。但帕克夫妇就像我说过的那样，原先也是司机，所以他们真的很关心自己的团队。

罗利、肖恩和米克同时走进厨房。我端着自己的盘子，挪到长椅的边上坐了下来。我不确定要不要坐在罗比身边，因为在他旁边我会感到有点儿压力。不过另一方面，坐在他旁边倒也很好玩儿，很刺激。米克取了一些炒鸡蛋和五根香肠，然后挪到我身边坐下。他连头发都懒得梳，一簇簇地都翘起来了。

"你怎么样，萨默？"他问。

我实在忍不住盯着他的盘子看了一下，心想：谁会吃五根香肠呀？现在总共只剩下二十五根留给其他人了。不过我有办法补救，那就是我自己先不吃香肠，等大伙都吃好了再说。

"萨默？"米克又问了一遍。

"和平时一样呀，"我回答，"睡到六点钟起床。"

"萨默，里面有牛奶吗？"罗利问道。

"有，在冰箱里。"我不记得爱尔兰人说"里面"时究竟是什么意思了，但肯定和我们想的"里面"有点不同。

"天啊！你要喝牛奶？喝那么多牛奶，你会变成奶牛的。"米克惊叫道。

"那怎么了？我喜欢牛奶，行不？我妈总是给我倒很多。"

"啊，原来还是个乖宝宝呀，对不对？"米克打趣地说。

"我喜欢喝牛奶，没错，不过这并不表示我是乖宝宝。"罗利反驳道，然后挪到了米克身边。

"行，收割的日子还长着呢，会把你整成男子汉的。"

"如果没有先把他累趴下的话。"肖恩说着，猛地把盘子往餐桌上一放。他拿了四根香肠。好吧，香肠的短缺问题也不是我的错，我可是完全按照帕克夫人文件夹里规定的数目来做的。

欧巴酱给罗利倒了一杯牛奶，然后传给了他。

和他们相处要比和那两个美国司机相处自在一些，我也不清楚为什么，也许是因为从辈分上来看，我和爱尔兰伙计们要亲近一些。两位美国司机年长，我必须对他们更加客气。

帕克夫人趾高气扬地走进了露营车，她微微扬起下巴，嗅着空气，样子很像闪电。

我抬头看着吉酱，他像吃东西时经常做的那样闭着眼睛，仿佛正在品味着他那神奇的油。

我不知道该聊些什么，所以就从最基本的东西入手。我问爱尔兰伙计们："你们生活的地方是什么样子的？"

"哦，那是个风景宜人的乡村。"米克回答，他的声音突然间变得热情满满。他是三个爱尔兰伙计里最健谈的一个。

"那就给她说说你的麦田圈。"罗利用胳膊肘顶了他一下，笑着说。

"你尽管笑话好了，不过那真的是桩诚信买卖。"米克也用胳膊肘顶了罗利一下，还击道。

"去年，还有前年，他带着旅游团在全爱尔兰看麦田圈，"罗利放下叉子，解释道，"大都是些美国佬，所以他每趟收一千欧元。那些麦田圈很有可能是他自己做的！"

米克嚼着一根香肠，不为所动。他把那一口咽下之后转向我，说："那是个未解之谜，那些人想看未解之谜，然后我把未解之谜和想看未解之谜的人结合在了一起。就是这么回事。"他不耐烦地说道，好像以前就讲过很多次了似的。他竟然是个向美国人兜售未解之谜的推销员，我还真没想到。这时，他又叉了一根香肠，把它整个儿都塞进了嘴里。

罗利大笑起来。"他可以讲麦田圈讲上一个小时，可是别让他来了兴致，因为你可能会被他烦死的。"

"我连麦田圈是什么都不知道。"我说。

罗利抱怨道："你这是在激他开口了。"罗利是个瘦瘦的家伙，长着一头卷曲的红毛——就连胸前也是！

接着，罗比走进了厨房，问："有咖啡吗？"欧巴酱说喝咖啡会妨碍我长高，所以不让我喝。我在想，她有没有注意到罗比有多高。不过，我必须承认，欧巴酱让我尝过一次，那东西真是难喝极了，我再也不打算喝第二次了。我原本期待着喝一辈子咖啡，结果在那一次之后，我就把它从心愿单上划掉了。其实，我根本没有什么心愿单，那些事情更像是我在心里提醒自己要做的事情。那时我提醒自己列一份清单，把日后想做的事情都记下来。说实话，要是我每隔一个月左右就能去恶地玩一趟，我肯定会很开心，我觉得那样也可以帮助我的性格定型。

米克往前探了探身子，说："罗比，你能不能帮我弄两根香肠？"那就是说，他总共要吃七根香肠了。七根！然后，他又转向我，说："麦田圈就是巨大的几何图案，它们出现在田地里，通常是麦田里，大都出现在英国，但是我们爱尔兰也有。"

"那人们为什么要看麦田圈呢？"我问。我看见帕克夫人在弯腰数香肠。

"因为没人知道它们是怎么弄出来的。每一个图案都不一样，有些有两三百米那么大，有些复杂的图案是完全对称的，"他说着说着就来了兴致，"不知道是不是地球想要和我们交流之类的。"

"有些人就是傻缺。"罗利说。"傻缺"就是容易轻信的人，这个词是我在上次帮收的时候学会的。"你知道吗？我觉得米克也要变成傻缺了，他竟然相信自己对顾客说的每一件事情。"

吉酱本来埋头吃着东西，突然抬头问："傻缺是什么？"

"就是容易轻信的人。"我告诉他。

吉酱一脸诧异地说："轻信也没什么不好呀，要是不轻信，怎么会快乐呢？"

大家都一言不发地看了他一会儿，可是他没有做进一步说明。

"有些麦田圈不是未解之谜，只是人为制造的骗局，但有些麦田圈是货真价实的未解之谜。"米克辩解着，"我个人觉得，那是地球在对我们讲述着什么，可惜我们听不懂。"

"给她说说那对夫妻，米奇。"罗利说。

米克把叉子放在餐桌上，继续说："在一趟旅行结束的时候，有一对美国夫妻给了我四百欧元小费。你相信吗？他们说自己得道了，真的。"

"你真是个二货。"说着，罗利用手掌拍了一下米克的脑袋。

"二货是什么？"我问。

"二货嘛，就是脑子缺根筋的人。"

"哦，就是傻瓜的意思。"

帕克先生走了进来，问："小伙子们，睡得怎么样？昨晚风大，刮得我们的露营车左摇右晃，很难睡好觉。"

"反正谁都睡不好觉，罗利打鼾打得山响，"肖恩几乎不留情面地说，"他真是差劲，是不是？"

"他的活儿干得很好。"帕克先生说。

"哎，听话的乖学生。"肖恩对罗利说。

麦考伊先生步履蹒跚地走了进来，看上去实在困得不行。我真同情他。他甚至有点儿摇晃，像是要摔倒似的。麦考伊先生拿了三根香肠，然后达克先生走进来，也拿了三根。接着，米克又要加香肠，简直难以置信。

吉酱突然咯咯地笑了起来。大伙儿又一次竖起耳朵，等着他说说是怎么回事。结果，他依然什么都没说。然后，他又狂笑起来。所有人都看着他。米克问："听到什么好玩儿的笑话了吗，俊郎？"

吉酱诧异地看着米克，问："笑话？"

"你刚才干吗笑得那么开心？"米克回答。

吉酱说："哦，我笑是因为想起了两年前的一件事。有一天，我开车到杂货店去，然后想起来自己不用买东西，而是该去牙医那里。"

"那不好笑，"欧巴酱说，"预约不去，牙医还是要收钱。"

餐桌周围又是短暂的沉默。

帕克先生伸手去拿第四根香肠。终于，帕克夫人忍不住脱口而出："总共弄了多少根香肠？"

"我们按照你的指示，做了三十根。"我回答。

罗比坐下来，像个大人一样喝起了咖啡。

帕克夫人显然对我有点儿生气，她说："罗比喜欢吃肉，那是他早餐最爱吃的东西。在这件事情上，我允许你们改动香肠的具体数目。"

"是啊，小伙子们得吃肉，很重要。"欧巴酱说，"他要是没有肉吃就可悲了。"她边说边摇着脑袋，"可悲呀，可悲呀。"

我知道欧巴酱是认真的，因为在她眼里，男孩子要吃肉是人生中最重要的规矩之一。可是帕克夫人似乎分不清欧巴酱到底是在赞同她，还是在嘲笑她。

帕克先生把自己的盘子推到一边，说："我们现在形势严峻。今早天还没亮的时候，有个俄克拉荷马州的客户就打电话说，他的麦子已经可以收了，而且快下雨了。今晚我们要干到很晚——可能又要到凌晨两点——要是我们不能及时赶到那边，我就得找其他的收割队来代替我们，可我不想丢掉这份活儿。"他站起来，环顾着众人。吉酱虽然还没吃完，但他同样起身舒展筋骨，准备开工。他吃得很慢，我不禁担心他还没吃饱。

帕克先生没有再说什么，但其他人都站了起来，带上午餐吃的三明治，准备离开。

除了罗比以外，所有人马上便离开了。欧巴酱四肢着地，脑袋顶着油毡。以前还从没见过她像这样。罗比好奇地看着她，我开始把早餐后剩下的脏盘子摞起来。

"欧巴酱，你没事吧？"我问。

"不，我觉得我要死了，就是这样。下个星期天别忘了多弄点儿肉，要是我死了，就不能在这儿提醒你了。"

罗比打量着我外婆，问："她是不是该去看医生了？"

"她已经看了十七个不同的医生、六个脊椎推拿师和三个针灸治疗师了，谁都说不清疼痛究竟是什么引起的。"

我转身把盘子放进洗碗槽。

"你就不能把手里的活儿停下来吗？"罗比问。

我转过身，惊讶地发现罗比竟然站得和我这么近。他离我大概只有一英尺远，正好位于我的个人空间里。"做饭本来是我外婆的工作，可是她背疼得厉害。小时候，她的背摔伤过，但她不愿告诉我是怎么摔的。吉酱说，她是从窗户爬出来时摔的。他没有告诉我她为什么这么做，不过可以肯定的是，她不是个调皮的孩子。"我可以感觉到自己的脸滚烫滚烫的。

罗比若无其事地看着我，好像对女孩子在他面前脸色通红习以为常了一样。我咽了一下口水。接着，他从口袋里掏出一枚二十五美分的硬币，往空中一抛，然后抓住它，再往桌子上一按。他看着硬币，说："正面，看来我得去做作业了。"稍微逗留了一会儿，他又问："今天你要给我们做日本料理吗？"

"改天我们会做日式涮涮锅，你妈妈同意了。"

"日式涮涮锅是什么？"

"就是粗面条加牛肉薄片和蔬菜。不过，蔬菜不是切成薄片，你要把它们放到面前的一口锅里煮。吃完后，汤要喝掉。对了，我还忘记说了，所有的东西都可以放进两种酱里面蘸着吃，味道可好了。我们把酱从家里带来了，吃之前会在炉子上加热一下。我们甚至连专用的切肉机都带来了。为什么我们家会有切肉机呢？那是因为不收割的时候，我妈妈在一家狩猎度假屋里当厨子，那里的很多顾客都喜欢日式涮涮锅，所以得用切肉机。那东西质量很好，买它花了好多好多钱，因为每个星期我们都要吃一次日式涮涮锅。"我一说就停不下来，简直就像个叽里呱啦的傻瓜！终于，我紧闭双唇，免得自己继续说下去。

"我在俄克拉荷马州吃过一点儿熟刺身，味道很不错。"

"嗯。"我说。熟刺身这种东西真是荒谬，因为刺身在日语里的意思就是"生鱼"。熟刺身就好像说熟的生胡萝卜一样。不过，我可不想冒犯他，于是我说："我的意思是，那还真有点儿另类呢。另类的东西很酷，因为它们不同寻常，哪怕它们真的有点儿……有点儿另类。"我好像听起来更傻了。

"畜棚里有样很厉害的东西，你想看看吗？"

我看了一眼欧巴酱，她仍然把脑袋支在地上。"当然，走。"我赶在欧巴酱阻止我之前，飞快地夺门而出。闪电一如既往地跟了过来。

这算是约会吗？一想到这儿，我便解下围裙，把它尽可能地扎进后兜。我们悠闲地走向畜棚，那是一个用某种浅红色木头建成的建筑，顶部涂着砖红色的油漆。走进去后，我发现畜棚中间竖立的笼子里站着一头亚麻色的公牛，我们在它前面停了下来。"他们要把它放到州里的市集上展示，"罗比说，"在那之前要给它做清洗、吹干之类的准备。他们还要给它装饰一点儿玫瑰花，不过只是一点点，既要让它的气味好闻，又不能太娘气。除此之外，甚至还要给它修毛。"

我很好奇罗比怎么会对这头牛的事这么清楚。"我外公以前干过家畜整理师的工作。这头牛很漂亮，"我说，"就是站姿不怎么好。"

罗比说："他们雇了另一个整理师来处理这个问题。"我点了点头。他接着说："不过，我想要你看的可不是这个。"

我们走过几个畜栏，最后他在一个特别大的畜栏前停了下来，里面站着的那匹马是我见过的最高大的一匹。也许只是我的错觉，可是它看上去真的好像有二十掌宽 [1] 那么高。我知道这不可能，因为历史上最高的马也才大约二十一掌宽那么高。这是我在弟弟整理的史上最大动物名单上看到的，整理那份名单时他才八岁。

"很酷吧？"罗比说。他把脸倚在金属栏杆上，看上去一脸崇拜的表情。

"我在县里的一次市集上见过一匹很大的夏尔马，不过

---

[1] 掌宽：即为整个手掌的宽度，已引申为长度计量单位，西方使用较多，主要用于测量马的体高。1 掌宽 =4 英寸 =0.1016 米。

这匹马肯定比它还大。"我说。这匹马身子黑，蹄子白，长着稀疏的黑色鬃毛。这时，它平静地看着我们。

"它的腿太长了，"罗比说，"所以看上去有点儿笨。夏尔马一般要矮壮一些。"

我们原地站了一会儿。我觉得时间似乎在这里停滞了，就好像我们在时间里漂浮一样。罗比从畜栏走了出来，碰了碰我的胳膊，弄得我有点儿疼。他说："我得去学习了，这个夏天我有一整本代数作业要做。我可爱代数了，每时每刻都在想着它。"

呃……代数。我是说，我心里想的是家人、闪电、朋友，还有每年袭击三亿人，并且可能导致一百万人死亡的蚊子——一百万人啊！你有没有想过蚊子可能会传播多少种疾病？在我生病以前，我也从没想过，但现在我已经如数家珍。蚊子除了传染疟疾、登革热和脑炎，还会传播几种恶心的蠕虫，包括寄生性蠕虫和犬心丝虫，我以前的那条狗小鹿就得过犬心丝虫病。不过，并不是每只蚊子都携带病菌，相比之下，很多都算得上蚊子当中"无害"成员吧。

言归正传。我们走出畜棚，回到了阳光明媚的户外，一丝和煦的微风轻抚在我们脸上。罗比正准备关上畜棚的大门，这时我才发现闪电不在身边。"等等，我的狗哪儿去了？我们肯定把它落在里面了。"罗比拉开门，我却没有发现闪电，而且畜棚里也无处可藏，只有一长条畜栏，中间是那个竖立的笼子。不过，我还是喊了起来。

"闪电！闪电！快过来！"我回到畜棚里喊着，"闪电！到这儿来，好孩子！"

罗比逐个儿检查着圈栏，说："我哪儿也没发现它。"

"真奇怪。我只要一喊，它就很听话的，我把它训练得可好了。"可是这么一说，我却突然有了一种不安的感觉。紧接着，我便听到一阵骚动，听起来像是一群鸡被吓得惊慌失措。我发疯了似的循着声音跑去，这时我已经预知自己将会发现什么了。

在畜棚的另一侧，到处都是鸡在惊叫。闪电就在那里，嘴里叼着一只花母鸡，疯狂地来回甩着，看上去欣喜若狂。

"不要！"我叫喊着，"快放下！"它欢蹦乱跳地跑开了。"不要！坏孩子！站住！"我气势汹汹地走上前，两手抓住从它嘴巴两边露出来的鸡，一边喊着"不行"，一边用力地把鸡拉出来，扔到地上。接着，我估算了一下损失，看起来似乎死了三只鸡。"坏狗！坏，坏狗！"闪电畏缩着发出哀鸣。

"咱们快溜。"罗比催促道。

他拔腿就跑，我紧紧地揪着闪电的项圈，也跟着他跑。这已经不是它头一回咬死鸡了，以前在邻居家的农场里它也干过。农场主说，要想让狗改掉咬死鸡的恶习，最好的办法就是把死鸡拴在它脖子上，挂上一周，让尸体腐烂。爸爸妈妈不愿那么做，不过幸运的是，闪电后来也没敢再去邻居的

农场里逛了。

可是这次的性质更恶劣了——比上次恶劣得多！因为对一个给代收公司干活的厨子来说，农场主就是国王。我们逃回露营车后停下来，做贼心虚地朝周围看了看。

罗比把一只手搭在我肩膀上，说："对不起，都怪我，全是我的主意。"

"不，闪电的责任在我，我应该盯着它的。真不敢相信，我竟然没看好它。"我的脑海里总是回荡着妈妈的那句话："萨默，你到底在想些什么？"这一次我终于清楚自己在想些什么了：罗比真可爱。

"好，听我说，"罗比压低嗓音说，"我没看见周围有其他人，只要没人发现我们就应该没事，谁都不要讲就是了。"

"我们必须得跟人说！得有人为咬死的鸡赔钱。"

"谁、都、不、要、讲！"他向我警告，"我不想给我父母惹麻烦。"他瞪了我一眼，然后转身离开。

"再见。"我喊了一声，但他没有回应。

第九章
泪水也改变不了看法

要是这么容易就能豁然开朗，那谁
都不会迷茫了。

——萨默

　　我拖着闪电走进露营车。不知道罗比这时会去哪里，有
可能回他们的露营车去学习、去为上大学做准备了吧。欧巴
酱已经站起来了，正在煮牛尾汤。早餐的残羹冷炙已不见了
踪影。她瞥了我一眼，说："你和罗比出去了？他做男朋友
不好。只要是接受熟刺身的人，脑子都有病，他得看精神病
医生。"她现在想聊刺身了？在我的人生有可能毁于一旦的
节骨眼上聊刺身？为什么我说人生就要毁了，因为我必须得
把死鸡的事情跟欧巴酱或吉酱说，而那样一来罗比就会恨
我。可是，我想不通为什么拉斯基一家会生罗比父母的气，
那又不是他们的错。

　　我站在那里，呆呆地看着欧巴酱，我知道自己必须老实
交代闪电的事情。

　　杰斯正在餐桌上摆弄他的乐高公寓。这时，他开心地
大笑起来，添油加醋地说："熟刺身？有你这样的姐姐，有

时我真的觉得好开心。你活得可真逗。"他笑得更起劲了，然后突然又若有所思地说："可是别人为什么要做你男朋友呢，说真的？"

"为什么你每天都要找我的茬儿呢？"我问。

"不是的，不是的，我不是挖苦你，"杰斯说，"我只是很好奇而已。"

不幸的是，对于男生为什么要当我的男朋友，我还真的一条理由都想不出来。我们班上有些女生已经有男朋友了，她们化妆，有手机，而且还涂指甲油。有一次，我也试着给自己涂指甲油，可是那气味难闻死了，我知道我再也不会那么做了。这时，我想到了一个让男生喜欢我的理由，便得意地说："我很会做菜。"

"男人不结婚是不会关心做菜好不好的，"欧巴酱说，"你以为十四岁的小男生会要你给他做烤鸡？"

我双唇紧闭，低头看着自己的人字拖。

欧巴酱停下了手中搅动的勺子，问："你在想什么事情？"

"没什么。"

"我知道你有心事，"她说，"别忘了，我会读心。"

"好吧，我脑子里总是在想东西，但不是思考什么具体的事情。要是你真能读心，你就会发现我什么具体的事情都没想。"

"我在你脑子里只看到各种形状和文字，但我认不出写的是什么，因为乱得一塌糊涂。你告诉我写的什么东西吧，我看到的形状是不好的东西。"

我在想，她看到的形状是不是像一只死鸡？其实，我更愿意对吉酱说这件事，可他要凌晨两点才收工。我再次低头看着人字拖，心想会不会有什么不好的事情发生，比方说欧巴酱叫我把闪电丢掉？

"发生了点儿事情。"我说。

"每天都会发生点儿事情。"

"真的都怪我。不是闪电的错，也不是罗比的错。全都怪我，百分之百都怪我。"我激动地说。

"说来听听。"欧巴酱说，"不过我可警告你，你说的事情要是害得我心脏病发作上了西天，你的良心永远都不得安宁。"

我直视着欧巴酱，说："好吧，我和罗比去拉斯基家的马厩看一匹很大的马，那匹马真的很大很大。结果我忘了闪电，它跑到放养的鸡群里边……然后……咬死了三只鸡。"我的泪水夺眶而出。

欧巴酱呵斥道："泪水也改变不了我的看法。"说着，她再次趴在地上，脑袋顶着地面，说："我的哈拉已经看透了那小子。"

"哈拉"在日语里是"腹部"或者"肚子"的意思。虽然日本人跟大家一样，也是用心或者脑袋来思考，但他们认为用肚子来思考是一种完全不同的思维境界。外公总是告诉我："用你的哈拉想一想！"

"欧巴酱，那不是他的错，"我大声说，的确不是，"都怪我没有看好闪电。"

闪电垂下了脑袋。

"要不是罗比，就不会有这档子事。"

"那也不能怪他呀。"我打量了欧巴酱一会儿，不知道趴在地上是不是表示她的背痛变得更厉害了，"你为什么要摆成这个姿势？"

"因为我的身体要我这么做。我没说那件事怪他，那是你的错。"她闷哼了一声撑起身子，"吃饭时你把这件事告诉帕克夫妇，现在你和杰斯都做作业去。炉子叫了就把火关掉，取出馅饼。注意看着炖汤，要不多不少煮上四个小时再关，那样才能让汤里面入味。记住要不多不少四个小时，要不然帕克夫人会炒我们鱿鱼。"

她支起身子，走向我们的寝室，然后停下来，转身盯着我，说："去学习。"

"好的。"

"我知道你在想什么，你在想那小子。你想去找他，想些乱七八糟的，就是不想学习。"

"欧巴酱，我真的什么都没想，我哪有时间呀？"

"你就算现在没想，过一会儿也会想。"

我无奈地扭了扭脑袋，说："欧巴酱，我想都还没想，你就对我发脾气，这样真的很不公平。"

"我会读心。你学习去，不然我在禁足的清单上记上更多。因为咬死鸡这件事，你得禁足六个星期。"

我转向杰斯，说："你也得去学习。"

"我做错什么了？"

我向书架上望去，那里不仅放着帕克夫人的文件夹，也放着我们的作业。我拿出数学书，在面前的桌子上放好。我把双手移向书，可就是不愿打开它。我命令自己的双手去打开，却还是办不到。于是，我把数学书放回书架，拿出了历史书。我敢说，历史上发生的任何事情都比这本书里记载的有趣得多。实际上，我非常肯定，因为吉酱有一次在读过我的历史书后说："这个的不是历史，这个的公关记录。"

杰斯取下他的数学作业，很快就变得全神贯注起来，即便刮起了龙卷风，估计他都不会注意——他会一边在空中飞舞，一边埋头做作业。

我决定不读历史书了，于是又把日记本拿了出来。新学年的老师要我把帮收的经历写下来，而且还要在班上念一部分，让大家了解一下这种生活方式。可是他们早就知道了，我们都住在乡村。还有什么可写的呢？我喜欢上一个男生，闪电咬死了几只鸡，还是写我炸香肠？我坐下来，把笔按在日记本上，开始写道：

> 收割的时候，整个世界都被抛在了九霄云外。国
> 会在干什么？总统在干什么？我都不知道。你只会关
> 心割麦子，割得越快越好，越有效率越好，仿佛置身
> 于另一个世界。我喜欢待在这个世界里，因为美国代
> 收公司协会的口号是"我们收割的庄稼养活了全世
> 界"。如果没有我们，很多人将吃不上面包。

这写得可真别扭。我画了个大叉，然后另起一页重新
写道：

> 做小孩就意味着在收割时你不是管理者，只能一
> 个劲儿地干活。外婆原本应该掌厨，可是她身体不舒
> 服，所以我就帮着她给大家弄饭。

我把这段话也划掉了，然后把日记本合上，放回了
书架。

接着，我拿出《独自和解》和一张纸，准备写读后感。
老师说，读后感的第一段要概括整本书的思想感情，然后再
写故事内容，说说你和主角有什么相同和不同的地方。另外，
你还得找个地方阐述一下主角在故事里的心路历程。

我的六年级老师讨厌不正式的说法，比如，我们不能写
"不怎么"，而应该写成"不甚"。有件事情我实在不明白，

那就是标点。老师总是说,标点要放在你"感觉"对的地方,可是我要真那么做了,她又总是在我的卷子上打叉,说标点全错了。好在写读后感的主要目的是把书的内容和自己的体会结合起来,不是把标点全标对。不过,你还是得写至少三份草稿,然后全都交上去。

我的 1 号草稿是这样的:

　　我认为《独自和解》这本书十分奇怪,但也有些奇妙。书的内容原本非常~~平谈~~平淡,可是后来突然间变得一点儿也不平淡了。那些不平淡的部分让平淡的部分看起来一点儿也不平淡。等我读完整本书后,我在脑海里又把整本书回放了一遍。故事讲的是两个男孩子,芬尼和基恩,他们是最好的朋友。他们是高中生,在一所寄宿学校上学。故事发生在第二次世界大战期间。我只有十二岁,所以对二战~~不怎么~~不甚了解。

　　《独自和解》的故事是倒叙的,开篇的事情后发生,而结尾的事情先发生。书里的大部分事情都比第一章和最后一章里的事情早十五年。故事的主角是基恩,他曾经很怕去上学,但他还是克服了自己的恐惧。这一点吸引了我,因为我对很多事情都害怕。有的时候,我恨不得晚上把自己锁在卧室里,因为我觉得蚊子可能会咬我。还有,我很怕夜里骑自行车,就算有闪电在我身边,就算我涂满了避蚊胺,就算蚊子也不咬我,我还是担心会不会被车撞到。而基恩呢，他在十五年前有过一次刻骨铭心的经历。假如你在读这篇读后感时还没看过那本书，那这里恐怕就算"剧透"了：有一次，芬尼爬到一根树枝上，基恩摇晃树枝，害得他摔了下来。

芬尼以前是个运动健将，这么一摔，摔断了腿，他就再也当不成运动员了。后来，他又从一段楼梯上摔了下来，结果在接受腿部手本手术的时候死了。问题是，我真的不明白基恩是不是故意摇晃树枝的。我的意思是说，谁会对自己最好的朋友做这种事情呢？芬尼是个优秀的运动员，所以基恩嫉妒他。这么想的话，基恩会不会是故意摇晃树枝，让芬尼受伤的呢？

在芬尼还没死的时候，基恩开始模仿芬尼的穿着。芬尼训练他，把他训练成和自己以前一样的运动员。由于芬尼再也不可能恢复成从前的自己了，所以基恩变得像芬尼了。在我看来，这简直是疯了——他们的感情太深了，已经到了疯狂的地步。

芬尼死了，然后基恩又变回了自己。

我停下了笔。读后感的末尾应该归纳主旨，或者总结读书的心得，可是我不知道这本书的主旨或者说给予我的收获是什么。我想了想，然后又写了起来：

人很复杂。我觉得就算是绝顶聪明的~~神经病、经~~~~神病~~精神病医生，也不可能真的知道你脑子里、心里或者肚子里想的是什么。要是你最好的朋友站在树枝上，说不定你也会摇晃树枝，可能连你自己都意想不到。不过，我觉得我自己肯定不会那么做。你我的心里和脑子里可能是一团乱麻，既有好的东西，又有坏的东西。我读《独自和解》的心得就是：我需要也许也要十五年才能解开自己心中的乱麻。

我真的觉得这篇读后感写得相当不错。另外，那本书也的确让我有了人生感悟。我意识到，既然现在我已经十二岁了，那么等我解开心中的乱麻时，我差不多就已经二十七了。似乎未来还有很长一段路要走，不过，说不定能有捷径早点儿实现呢？我知道必须得好好努力才行，要是这么容易就能豁然开朗，那谁都不会迷茫了——这肯定不可能。

话说回来，现在该给炖汤加点儿胡萝卜和土豆了。吉酱告诉我，做菜的时候要投入爱，这样做出来的食物才能更健康。我找不到自己的围裙了，就穿上了欧巴酱的。我拿起小刀，开始切土豆片。可是，我该怎么把爱投入这里面呢？于是，我在脑海里想着：我爱大家，我爱大家，我爱大家……我在切的时候一直这么想着。然后，我两手张开，放在土豆上面，心里想着：爱、爱、爱……真的是心无旁骛。可不管怎么全神贯注，我还是对这些土豆爱不起来。

“你在干吗？”杰斯问。

“把爱放进土豆。”我回答。

“把爱放进土豆？”他重复了一遍。

“吉酱说做菜时要对食物投入爱。”

杰斯开心地大笑起来，我不知怎地，也跟着笑了起来。

第十章

正确的事和傻事

> 有时候就是得做点儿傻事，才能把事情
> 做对。
>
> ——欧巴酱

　　午餐时间到了，我们坐着欧巴酱开的车到联合收割机那边送饭。放下皮卡车后面货台的门后，我们把装着炖汤的大汤锅放在货台上面，然后在帆布折凳上坐着吃。我决定等到最后一刻再把死鸡的事情告诉帕克夫妇。假如我太早告诉他们，弄不好会败了他们的胃口。可是另一方面，我又想起了吉酱的话。有一次他告诉我，要是犯错了，就应该马上直面错误。比方说，比起干坐着担心，还不如尽快承认错误，接受惩罚之类的。"让时间走快点儿。"他是这么说的。

　　帕克夫人轻轻呷了第一口炖汤，我目不转睛地看着她。她不露声色，又呷了一口，然后说："还不错。"我的心都要跳出来了，不知道她有没有从土豆里体会到爱。既然炖汤还不错，说不定她听到我说死鸡的事情也不会生气了吧。

　　我发誓我正准备要认错，这时拉斯基先生却带着一个和我差不多大的小美女走过来，说："注意防着点郊狼，有一只竟然光天化日之下把我的三只鸡给咬死了。以前还从没见过这档子事情。"他愤怒地摇着头，"我放养的鸡是整个县里最好的。每只鸡都得卖一百美元。"

我的老天……我一辈子才只存了四百六十一美元，只够买四只半。

"爸，"那个小美女问，"我能不能吃一点儿他们的馅饼呀？"

可是他没有看着她，而是看着我。拉斯基先生说"还从没见过这档子事情"的时候，眼神落在了我的身上，吓得我大气都不敢出，就好像他知道是谁干的，所以直接对我讲话一样。该坦白了，可是我根本开不了口。我对欧巴酱使了个眼色，要她替我坦白，但她只是坐在那里拌着炖汤，仿佛这一切都跟她没有一点儿关系。罗比和我看了看对方。

拉斯基先生的女儿就站在我座位的旁边，和我一样扎着两条辫子。她的睫毛很长，看起来简直像假的一样。"嗨，我叫萨默。"我对她说。

"嗨。"她冷冷地说，我立刻便知道她并不想交朋友。我系着围裙，大概这就让她觉得没有进一步了解的必要了。我心里既想和她交朋友，又想给她脑袋上来一巴掌。

"大概还要几天才能干完？"拉斯基先生向帕克先生

问道。

　　在一阵令人尴尬的沉默之后，帕克先生回答："别担心，我们会赶在下雨前把你的麦子收完的。不过……我们在俄克拉荷马州有个客户，他说那边很快也要下雨了，所以咱们的队伍得分头行动，两台联合收割机留在这里，另外两台要送到俄克拉荷马州去。"

　　拉斯基先生皱起了眉头。"我雇了你们整个收割队来替我收麦子，不是半个队伍。"

　　"我们会赶在下雨前完工的,我向你保证。"帕克先生说，"我们已经在争分夺秒了，一天工作十六个小时，照这个进度下去，星期四结束时应该就能收完四千多英亩。"

　　"可是这边快下雨了。"拉斯基先生说。

　　"没错，可是到那时我们已经把你农场里的活儿干完了。要是我们不能及时收完你的小麦，让你受了损失，我会赔偿你的。"帕克先生回答。

　　拉斯基先生没有再说什么,开着车带着她女儿扬长而去。

　　帕克先生不耐烦地说："好了，咱们吃够了，回去干活。"大家碗里都还没吃干净，但还是返回到各自的收割机上。

　　我们把碗和帆布折叠椅都收拾起来，欧巴酱一句话也没和我说。可是后来，我们洗完了盘子，把碗也摞在收纳架上后，她却说："我还真没为你感到这么害臊过。"说完，她就头朝南躺了下去，我们其他人都是头朝北睡觉——也许我也应该试试头朝南睡觉。

接着，我便扑通一下坐在了露营车前座的侧踏上，闪电靠在我脚边。我为自己没有坦白错误而感到羞愧万分，可是现在再去坦白几乎是不可能的事了。我用双手拍着脑袋，狠狠地拍着——这是杰斯可能会做的事情。我感觉自己的整个世界除了责任就是后果，甚至都不清楚自己究竟愿不愿意长大。长大后我要承担的责任还会变得更多，面临的后果也会变得更多。

当然，我知道凡事都会产生后果，我也知道自己必须和帕克夫妇谈谈，可我就是不明白，为什么我的生活偏偏会在这里，为什么我是世界上最平淡无奇的人，为什么我是这个系着围裙的女孩……

我寻思着去找拉斯基先生谈谈，可是帕克夫妇说不定想亲自解释那件事情。我还认真考虑过什么都不做。拉斯基先生已经认为郊狼是罪魁祸首了，除了我、罗比，还有欧巴酱，谁也不知道真相。可是我干吗多此一举地告诉欧巴酱呢？我不禁用手敲着头顶，说："真蠢！"

还有，什么样的疯子会为了买一只鸡花一百美元呢？我抬头望着星星。杰斯觉得，在别的星系里还有其他的星球有生命，而这些星球都有自己的《圣经》；在太空里的某个地方有座图书馆，里面有本类似《大英百科全书》的东西。我的目光又回到了人间，我想到了自己的积蓄，想到在赔偿那几只死鸡后，我就只剩一百六十一美元了——这就是我一生的成就。一只飞蛾停在我胳膊上，我毫不客气地拍扁了它。

可我马上又后悔地说："对不起，小蛾子。"

我把飞蛾的残骸从胳膊上抹去。三百美元的损失对拉斯基先生来说不算什么，可我们却挣都挣不到这么多。可恶！

"来。"我对闪电说了一声，它跟着我进了露营车，走进我们住的那一端。

欧巴酱正读着一本日文杂志，看到我走进来，她问："你想怎么做？"

"欧巴酱，现在我向谁都开不了口。拉斯基先生已经火冒三丈了。"

"有的时候实话实说的确不合时宜，不过我还是以讲实话为荣。"

"你总是利用罪恶感来压迫我！"我朝她嚷道。

"冲我嚷嚷，禁足一个星期。"她仍然读着杂志，眼皮都不抬一下地说。我提醒自己，应该记下她对我禁足了多久，因为越来越多了。

我从行李箱里取出我的钱包，拿出了三百美元。那个钱包是我的圣诞礼物，很好看，是用黄色的稻草编成的，拉链上还吊着个小木鱼。我手里有二十一张一美元的钞票，其余的都是二十美元的。"待在这里，"我对闪电说，"接下来我要干的很有可能是件愚蠢透顶的事情。"

我大步流星地穿过麦田，向农舍走去。这就是我以后想要住的房子：两层楼，一个带棚顶的门廊，还有几张藤椅。它们看上去真美，我忍不住在上面坐了一会儿。要是晚上坐在这里看星星一定很惬意。我依稀听到了什么动静，连忙跳起来，心虚地四下看看，可是我谁也没看到。于是，我敲了敲门。

拉斯基夫人应道："有什么事吗？"

我犹豫了一下——拉斯基夫人和我想象的一点儿都不一样，她的头发完全不成样子，梳都没梳，看上去像是压扁了似的。而且，她还涂着鲜红色的口红。谁会在农场里涂着口红呢？她和我刚好一样高，五英尺一英寸，看起来有点儿疯疯癫癫的。不过，实际上是有点儿可爱的那种，就好像有一天她会变成欧巴酱或者吉酱一样的那种可爱……不过欧巴酱应该没有这么可爱。

"我可以跟拉斯基先生谈谈吗？我是帕克夫妇收割队的。"

"是我能够帮上忙的事情吗？"她真诚地注视着我，似乎真的很想帮助我的样子。

"是和郊狼有关的事情。"

"哦，那好吧，我去叫他。他和郊狼可是死对头。"说着，她邀我进屋，然后转身从门厅的小桌上拿起一样东西，

问："这是你的吗？和你身上穿的有点儿像呢。"她手里拿的是一条皱巴巴的围裙。

我看着围裙，回答："对，这是我的围裙。"我的脸在烧，真没想到我竟然把围裙给弄掉了。她把围裙一递给我，我就把它塞进了后兜里。

她打量了我一下，然后说："别担心，我不会告诉他的。"我不禁对她有了好感。

门厅的小桌子上放着一盏油灯，灯上面装饰着用暗色镀银玻璃和浅色镀银玻璃做成的花。我还从没见过这么好看的油灯，甚至不知道油灯还能做得好看，以为油灯就是油灯而已。我费了好大劲儿才抑制住倾身去摸它的冲动。

拉斯基先生来到了门厅。"你看到郊狼了？"他看着我，仿佛我和他对那些邪恶的郊狼同仇敌忾似的。

"没有，先生。"

他等着我把话说完。我注视着他，突然觉得这也许是……有史以来最蠢的主意了，可是现在已经没有退路了。看着我干站在那儿，他开始露出不解的表情。

"那到底是什么事情呢，小姐？"

"没有郊狼，"我悲伤地说，"我是说，当然有郊狼，只是这里没有。我是说，据我所知没有。是我的狗咬死了您的鸡，先生。"说着，我伸手递给他一大沓钞票，"这是我赔给您的三百美元。"在我递出钱的瞬间，直觉告诉我，他把鸡的价钱夸大了，只有疯子才会花一百美元买一只鸡。

我原本指望他不会接过钱，可是他竟然接过去了。从近处看，他似乎没什么不对劲，不像是让人望而生畏的人。他的秃头看上去很软，脸也有点像面团儿。从这张脸中，我似乎看到了生活的艰辛。他皱着眉头数着钱，似乎生怕我骗他似的。我等着他对我教训一番，我这辈子已经听过无数次说教了，所以我早有心理准备。"你放任你的狗在我屋子附近乱跑？"他问。

"不是的，它总是待在我身边。我去看你那匹巨马，结果忘了闪电——就是我的狗——然后它就发现了鸡。"

"它现在在哪里？"

"在露营车里，关起来了。"

"今后你可得每时每刻都看着它，我是说真的——每时每刻。"

"我会的。"

"你父母到底是做什么的？"

这个问题问得我慌了神——因为我不想害得欧巴酱和吉酱丢了饭碗。"我外公是开联合收割机的，外婆是给大伙儿做饭的。"

他用拇指和食指拉着上嘴唇，动作十分娴熟。他的上唇被拉得老长，我从没想到嘴唇竟然会被拉成这个样子。然后，他说："我告诉你，我收下一百，剩下的你拿回去。"他数了一百美元出来，然后把剩下的递给我，"要是再发生这样的事，我就得要帕克夫妇把那条狗处理掉了。"

"好的，先生，我保证再也不会有第二次了。"

可是他的心思已经跳到别的事情上去了。"我们本来想用那匹马创纪录，结果它连前十名都没进去。"他摊开手掌，意思像是在说：我们还能怎么办呢？

"这世上肯定还有很大的马。管他呢，谢谢你的……"

"我很欣赏你的诚实。现在，你可以走了，小姐。"

我说了声"再见"，而他已经在关门了。

我一路跑回了露营车。联合收割机还在轰鸣，它们开得越近，声音就越大，上面的灯光一前一后交替闪烁着。我看了一会儿，禁不住对自己微笑起来，然后一头扎进露营车，溜进我们住的那一头。欧巴酱躺在垫子上，但是电灯开着，她又在欣赏自己的双手了。我告诉他："我向拉斯基先生认错了，我告诉他是闪电咬死了鸡。"

"他说什么？"欧巴酱呻吟了一声，支起身子问道，她看起来十分担心。

"我给了他三百美元，然后他真好，只要了一百美元。"

"不好。他撒谎。没有人会花那么多钱买鸡，只有你做这样的傻事。"

什么？"我以为你想要我认错呢！"

"没错。可是有时候就是得做点儿傻事，才能把事情做对。正确的事情比傻事重要。"说完，她又躺了下去。

"那你为我感到自豪吗？"

欧巴酱想了想，说："你接连做了很多傻事，不过现在你已经没给我丢脸了。哦呀斯密。"

"哦呀斯密那撒伊。"我爬上床，心情竟然变得愉快无比。我觉得自己像是完成了拯救世界之类的壮举，一时兴起，一把掀起床单，把枕头放到了床的南面。也许明天我的运气会更好吧。

第十一章
欧巴酱从来不睡觉

有时你会快乐，有时你会悲伤，
大家都一样。

——萨默

　　欧巴酱让我一直睡到了凌晨。起来后我才发现原来是因为杰斯感冒了，她担心我也会感冒，所以没有叫醒我。真是奇怪，她头天还一个劲地责怪我，第二天却担心我会生病。好在我安然无恙。这一天和平时一样，漫长难熬，平淡无奇，整个收割队都在田里忙活。我一整天都没见过罗比，于是只好一个人溜达，做会儿作业，然后在厨房打打下手。

　　吃完晚饭，帕克先生说想跟大家商量点儿事情。我们周围是几十只一拨成堆飞舞的蛾子。帕克先生从冷藏箱里取出可乐，一人发了一罐，不过杰斯和我却不能喝，因为欧巴酱说，起泡的饮料会在小孩的体内引起一些小规模的爆炸，最后会要了你的命。假如真的是这样，那世上的小孩不就应该少很多吗？罗比之前在骑着越野摩托车兜风，现在都已经在喝第二罐可乐了，可是也没看见他身体里面有东西在爆炸呀。杰斯坐在那里，似笑非笑，一副傻傻的表情。虽然还在感冒，但他喜欢待在露营车外面。

我一下子跑到吉酱身边，问："活干得怎么样了？"

"比预想的要久，地看上去平坦，其实下面凹凸不平。我的收割机没有自动测距测高仪。"

"干活干到这么晚，你累不累呀？"

"没那么糟，倒是有点儿上瘾，就像你和杰斯在游戏厅玩游戏，一玩就不想停下来一样。"吉酱回答。有那么一会儿，他的目光变得很呆滞，但旋即又恢复了生气。"大农场，还有很多活要干。"

帕克先生目光如炬地看了我一眼，于是我便不再向吉酱问问题了。帕克先生用指尖抠着头皮，目光在地面上停留了片刻，然后又看向他的妻子，说："现在说点儿内部消息，"他抠完脑袋，然后接着说，"我们必须得分头行动了。这边就快下雨了，可是俄克拉荷马州那边的雨来得更早，所以咱们中间有些人得赶到那边去。"他叹了口气，"昨天的天气预报说，雨在下个星期的开头就会下下来，可现在他们又说是这周末。"他扫视了在场的每一个人，接着说，"所以现在咱们只能这样了：今明两晚都得干到深夜，但是星期三天一亮，米克和俊郎一家就得去俄克拉荷马州富兰克林家的农场。拉里和罗利会运一部分设备过去，然后返回这里。肖恩和比尔则留在这里。"

糟糕。像这样分队，我估计好些天都见不着罗比了，见

明天会有好运气

到他可是我收割生涯中最精彩的部分呀！而此时的他正坐在那里，望着麦田，不耐烦地抖着一条腿。

米克站起来，两手叉腰，向后仰着。接着，其他人都站起来舒展身子，好像要准备去上瑜伽课之类的事情似的。工人们都一言不发地返回各自的岗位。罗比对我悄悄地说："到我那里去见我。"说完，他便骑着摩托离开了。杰斯打量着我，我这才发现自己惊讶得张着嘴巴，成了个大大的"O"。

杰斯的脑袋虚弱地朝一边耷拉着，可是他还有力气说话："好像有只蚊子飞进你嘴里了。"

我听到后却笑了起来，问："你还好吧？"

"我真希望不用再挪窝了。"我发现他吃了点儿东西。他干呕了两下，像是要呕吐一样。我把胳膊搭在他肩上，搀扶着他，然后坐车返回露营车，一路上他都沉沉地靠着我。

回到寝室后，杰斯说："我爬不上去了。"然后就在吉酱睡的下铺一头倒下。

我赶紧回到厨房去洗碗，因为我想到罗比那里去。有人在踢门，我一开门，发现是欧巴酱，她手里端满了盘子。我替她把着门，然后出去收拾锅碗瓢盆。联合收割机都已经复工了。在近处时，它们发出的声音总是震耳欲聋——我们用的联合收割机每台都有三万多磅重，所以发动机肯定声音不小。不过，驾驶室里其实没有你想象的那么吵。我正看着它们并排驶过麦田，突然听见开门的声音，接着欧巴酱便从露

135

THE THING ABOUT LUCK

营车上走了下来。

她望着远处的地平线，喃喃自语道："老家伙的活儿太多了。"我知道她在为吉酱担心。

"他说那让人上瘾。"我说。

"什么那个？"

"就好像吸毒后戒不掉一样。"

"农田是毒品？"

"大概是吧。"

她严肃地点点头，说："他喜欢工作。"

我满脑子想的都是去见罗比。这时，欧巴酱又跪在了地上，双手支撑着身体。"你要吃阿司匹林吗？"我问她。

"呃……"欧巴酱倒垂着头，回答，"阿司匹林早就不管用了，得看医生。"

"要我扶你到床上去吗？"

"不用，现在这样最好。"

我回到厨房，回想着刚才的对话。虽然只是寥寥几句，但这段对话却是我记忆中和欧巴酱最和和气气的一次了。我尽可能快地洗好碗，收拾完厨房。在擦洗灶台时，我格外小心，因为哪怕稍微留下一点儿污渍，我都会被欧巴酱训斥。

"谁动了我用乐高拼出来的杰作？！"

我飞快地转过身，看见杰斯病快快地拿着他的乐高房子，瞪着我。

“我不小心撞了它一下，不过我没发现有什么地方破了呀。”我说。

“我就知道！你把猫从树上撞下来了！你明明可以告诉我一声的！”

他伸着手，像是准备把玩具房子摔在地上似的。要是在去年，他对我发起脾气来，估计早已经把一盘意大利面往地上摔了。而此刻，他站在原地，保持着准备摔东西的姿势已经足足有一分钟了。然后，他双唇紧闭，选择了走开。

等我做完所有的杂务时，欧巴酱已经在床上了，而且她和杰斯似乎很快就进入了梦乡。真没想到我的运气竟然会这么好！我决定了，下半辈子我都要头朝南睡。

时间是九点半，希望这时去见罗比还不算太晚。我走进卫生间，重新扎好辫子，然后往脸上补了点儿水。接着，我又到厨房里把一根甜菜切成两半，把汁液涂在嘴唇上，让它看起来红一点儿。

到了帕克家的露营车后，我敲了敲门，紧张得甚至有点儿想吐。

等罗比打开门时，我发现他穿着睡衣。看到我，他似乎有点儿意外。“我还以为你不会来了，”说着，他打了个呵欠，“进来吧。”我们坐在小沙发上，身体挨在一起。“啊哎——老天，收割季可真够忙的。”

“确实。”我说——又是一个傻里傻气的回应。我试着改进一点儿："我真希望整个夏天是在和朋友们一起玩。"

"是呀。"他心不在焉地说，然后把胳膊搭在我的肩上。啊！我差点儿心脏停跳！"你头发挺好看。"

"谢谢。"我紧张得几乎说不出话了。

"你外公外婆看上去很和蔼，"他说，"他们有没有被你气得不行过？"罗比老是在转换话题，而且还不停地抖着腿，好像等不及要去别的什么地方似的。

"嗯。"我说。我这才发现，虽然我和欧巴酱经常意见不合，可她似乎从来没有真的生过我的气。我不明白她为什么对我是这个样子，但是我知道那并不是真的生气。"很少，"我回答，"我是说，只有在我和弟弟吵架时才会。我弟弟他……有点儿毛病。我的意思是，他的毛病就是脾气真的很不好。"终于说了一长段话，我不禁沾沾自喜起来。

"那怪谁呢？"

我真的不认为那是爸爸妈妈的过错，我也说不清那到底怪谁。

"有时是我的错，"我说。有一次妈妈生我的气时，至少是这么说的。"我妈妈说我应该对他温柔一点儿。"

"我喜欢温柔。"说着，罗比突然侧过身吻了我。我惊讶得不知所措，弄出了一点儿响声。我不知道嘴唇该怎么办，是应该撅成亲吻的形状、一动不动吗？要是动的话，到底应该怎么动呢？我只知道，千万不能像"直布罗陀巨岩"那样憋得紧紧的。

就在我七想八想的时候，罗比突然停了下来，说："我得睡觉了，明早得早点儿起来清理收割机。"他又打了个呵欠，然后加上一句"明天我再吻你"，好像他已厌倦了似的。我不禁好奇，男生如果要亲你，一般会不会提前让你知道呢？"我会教你怎么接吻的。"

哦，不！那就是说，我做得不对。不过话说回来——耶！他还会再亲我！

他站起来，把我送到门口，说了声"回见"，然后便关上了门。

我站在原地，伸出颤抖的双手，看着它们，提醒自己回到现实："这是我的手，这是我。"

我动弹不得，盯着他的车门，在脑海里回放着几分钟前的画面。有时我也会和朋友们谈起接吻的事情，可是在片刻以前，那都只是空谈。不过，在我离开学校的时候，班上的男生女生已经开始互相有了新的认识，不知道这属不属于妈妈所说的，即将发生的变化呢？或许我并不一定非要留在家里才能体会到这种变化。假如我有电话，我就可以给梅乐蒂打电话说说这件事了。我在心里提醒自己，改天一定要把欧巴酱的手机偷偷地拿出来用用。

回到露营车后，我原以为会被欧巴酱训斥，没想到我的运气还是那么好，她竟然还在睡梦中。不过，杰斯倒是醒着。

他看上去不生气了——他从来不会长时间生气。我走进卫生间，换上一件长 T 恤。回到寝室后，我在黑暗中摸索着走向床边。

"你去哪儿了？"杰斯轻轻地问。

"去见罗比了。"我小声回答。

"他喜欢你吗？他亲你了吗？"

说实话，有时我真的觉得他从欧巴酱那里遗传了特异功能。

"不关你的事。"我告诉他，心里却有些飘飘然。

"那我就当你是默认了。我觉得亲你简直让我作呕。"他说这话并不是挖苦我，而是在陈述事实。

"那是因为你是我弟弟。也许我真的亲了他，不过我才不会告诉你。还有，声音小点儿——我可不想吵醒欧巴酱。"

"萨默，说真的。"

"什么事情？"

"我长大以后会怎么样？"他问道。

"什么意思？"

"我会不会有朋友？找不找得到工作？我是不是太古怪了？"

我一时答不上来。他总是时不时地突然问起这样的问题，而所有问题的核心都是他没有朋友这个事实。我一时想不出说什么，只听见他又说了句："我好伤心。"

明天会有好运气

哦……我忍不住对弟弟生起了一股怜爱。"你的人生不会只有悲伤的，"我说，"我敢保证。"

我看到窗户上有一只月形天蚕蛾，足有我的手掌那么大，分不清是在玻璃的外面还是里面。它是那么优美，不像只虫子，倒更像片奇特的叶子。月形天蚕蛾不能进食，因为它们没有嘴巴，所以我眼前的这只不久就会死去。这真是个疯狂的世界！

"为什么你会那么想呢？"杰斯问我。

我真的帮不了他什么，因为我从没有当过大人，我也不清楚长大后是什么样子。于是，我只好说："有时候你会快乐，有时候你会悲伤，大家都一样。"

"可是我悲伤的时候比快乐的时候多，不是吗？就像现在这样。"

我突然想到一个绝妙的回答："对你来说，是开心还是悲伤都不重要，你只要像现在这样专心致志，你的人生就会十分完美啦。"

他深思熟虑了一番，说："我暂时就当是这样吧。"

这是什么意思？有的时候，他似乎不是个小男孩，而像个复杂难懂的成年人。细想起来，他似乎有点儿难以定位，既不小又不老。

我爬上我的中铺，闪电也跟着跳了上来。

这时，欧巴酱突然说："我从来都不睡觉。"

"什么？"我差点儿没从垫子上滚下来。

"我从来都不睡觉，用不着睡。"

她的意思其实是，我们的对话她都听见了。好吧，反正我要睡了。

在吉酱回来之前，估计大家都睡得不沉。我听到了他踩在厨房油毡上发出的吱吱声，声音虽然很小，但我还是被吵醒了。不知道已经几点了。"嗨，吉酱。"杰斯和我异口同声地说。

"你们两个还没睡？"

"我在思考人生，"杰斯说，"我在你床上睡。"

光线非常暗，但我听见吉酱还是不受影响地爬上了另一边的中铺。"我给你们讲个关于人生的故事，然后你们就睡觉。我在日本和歌山县住的时候，有一次迷路了。我走路时不是想着走路，而是想着学校，结果就不知道走到了什么地方，到处都是种着橘子的农庄。该走哪条路？天色暗下来，我看到了星星。终于，我走进了农庄。我敲门，应门的是我见过的块头最大的人，板着脸。我以为他要吃我，撒腿就跑。我在外面过夜，和橘子睡在一起。第二天父母找到了我，他们说学校第一重要，但是就算第一重要，你也不用每时每刻都惦记着。走路时就想着走路。哦呀斯密。"

"哦呀斯密那撒伊，吉酱。"

第十二章
世界上最强的力量

我真的认为我们的灵魂都很善良。
——萨默

第二天下午，气温达到了华氏一百零三度。又到了出去买东西的日子了，可是欧巴酱却说我必须留在露营车里，既要学习，又要照顾弟弟。杰斯病还没好，所以什么事情都不用做，可是他闲得无聊死了，我就给他念起《独自和解》来。

"萨默，你还有别的书吗？这本书简直是有史以来最无聊的书。"

"我还有两本关于女孩的书。"

"没有别的了吗？"

"没有。"

"好吧，接着念吧。"

我继续朗读起来，一边读一边听自己沙哑的声音。说不定哪天我可以给广告公司做配音工作呢，看到杰斯听着听着竟然睡着了，我不禁萌生了这样的想法。

143

THE THING ABOUT LUCK

今天的晚餐要做辣酱汤。四季豆洗干净后已经泡了一夜，所以现在可以直接从冰箱里取出来了。我把豆子倒进一口大汤锅里，先把水煮开，然后把火调小开始炖。虽然开着空调，我的脸上还是淌着豆大的汗珠。帕克夫人带来了一口高压锅，可是欧巴酱不愿意用，因为她担心会爆炸。她说："压力的世界上最强的力量。"可是她似乎又自相矛盾地说："当然，核弹也强，但是压力让东西爆炸，所以一样糟。我考虑一下再跟你说。"

豆子必须得炖软。每隔一阵子，我就要搅动它们，看看有没有炖好。

欧巴酱出去买东西倒是让我有种如释重负的感觉。我读着吉酱向我和杰斯推荐的一篇文章，以此打发时间。有时吉酱要是读到什么有意思的东西，他就会叫我们也读一读。这篇文章叫做《意见与社会压力》，最早于1955年刊登在《科学美国人》杂志上。

《意见与社会压力》读起来有点儿难懂，但也没有你想象的那么晦涩。文章相当通俗，很少看到高深莫测的词汇。整篇文章基本上是讲有关同辈压力的研究，它证明这种压力几乎可以改变人们对眼前事物的看法。可能仅仅由于所有人都这么说，你就会认为画在白色卡片上的长线很短，而短线很长。而一旦你开始向同辈压力屈服，你就踏上了不归路。研究证明了这一点，你可能会对事物的本来面目感到完全陌生。

　　我明白吉酱要我们读这篇文章的目的，他是想告诉我们不要屈服于同辈压力。同辈压力是他的一大恐惧。而且奇怪的是，比起担心我来，他似乎更加担心杰斯。我觉得不可思议，因为杰斯那么另类，几乎总是和班上其他孩子格格不入——他不可能屈服于同辈压力，他只会我行我素。可是，吉酱担心杰斯其实更加脆弱，因为杰斯十分渴望拥有朋友，假如按照朋友所说的方式来看待世界是留住朋友的最佳方式，他也许就会变得屈服于同辈压力。

　　一个半小时后，欧巴酱买完东西回来，径直走进了我们的寝室。我知道她想陪陪杰斯，因为他生病了。我切了洋葱，然后称好所有的食材。洋葱熏得我止不住地流泪。据说，有一家很大很大的农业生物技术公司，名字叫做孟山都，正在研发一种切开时不会让人流泪的洋葱。吉酱在报纸上读到这则消息后十分生气，他觉得孟山都会把洋葱变得不像洋葱，于是就给许多不同的人和组织写了差不多二十封信，表达对孟山都的抗议。后来，他收到了二十封措辞礼貌的回信，信里先是说了些形同鸡肋的话，然后对他的热心表示感谢。

　　我把牛肉煮好，然后剁成碎牛肉，连同所有食材一起扔进了大汤锅。这些东西得炖一个半小时以上，中间还时不时需要搅动——做辣酱汤真是慢工出细活呀。

昨天晚上罗比吻了我，所以今天吃晚餐前我想打扮打扮，于是就穿上了我带来的唯一一条裙子。这条裙子是天蓝色的，长度大概到膝盖上方一两英寸的样子。快到晚上八点的时候，我们把车开到田里，张罗起了晚餐。罗利一屁股坐在了帆布折叠椅上，仰着脑袋说："不知道怎么了，今天身子跟垮了似的。"

　　"得了，别瞎想了。"米克驳斥道。

　　"说真的，但愿那小家伙没把病菌传染给我。"

　　杰斯躺在皮卡车里，因为他想离开露营车透透气。

　　"你是想休息一天吧？"米克问。

　　罗比向汤锅这边走来，盛了一碗辣酱汤。他完全无视我的存在。每个人打了饭菜后便埋头吃起来，好几分钟都没人说话。后来，米克自言自语道："有点儿咸，对吧？"这可真让我身心俱疲，似乎不管我怎么做，总是不够好。

　　帕克夫人赞同道："是有一点儿。"

　　我真希望这时有人说很美味。毕竟，花了一下午时间炖好辣酱汤，然后看着大家八分钟不到就将它们消灭干净，结果却抱怨太咸——这样真的很让人泄气。

　　管他呢。大家吃得这么快，也许是因为一部分人马上就要赶去俄克拉荷马州，所以得抓紧整个队伍最后一次在一起干活的机会。吉酱这时用牙线剔起牙来。

　　帕克夫人一脸惊愕地说："那么做恐怕不卫生，俊郎。"

吉酱抬起头，问："不好意思，你说什么来着？"

"吉酱，她是想叫你别在大家面前剔牙。"我向他解释道。

"哦，哦，我的牙医告诉我要尽量多剔牙。那我现在不剔了。"吉酱似乎非常意外。他低头看了看他的那碗辣酱汤，好像不知道那碗汤是怎么出现在他面前似的。接着，他站起身，踉跄了几下，把汤洒了一地。帕克先生和我赶紧跳起来去扶他。他闭着眼靠着我。

帕克先生把我推开，然后把吉酱扶到椅子上，问："怎么回事？"

"刚才有点儿虚弱，但现在没事了。"他的脸看起来的确有点儿苍白。

欧巴酱站起来，用手摸着吉酱的额头，说："他可能是被杰斯传染了感冒，额头很烫。"这时，仿佛是说曹操曹操就到似的，杰斯正好从皮卡车上下来，走到了我们吃饭的区域。

"今晚你不要再干活了。"帕克夫人做出了决定。

"可我们需要他，今晚完成得越多越好。"帕克先生反驳道。

"我的吃苦耐劳的工人，"吉酱强撑着提高嗓门说，"我能干活。"

"我知道你很能吃苦，"帕克先生说，"所以我需要你在场。"

帕克夫人疑虑地看着吉酱，然后更加坚决地说："想都别想了，你看看他，皮肤简直都成了灰色。"

杰斯脱口而出："萨默会开联合收割机，我爸爸教过她。就连我也会开拖拉机，只不过我现在病了。"说完，他倒在米克的膝盖上，脸上露出匪夷所思的笑容。我心里变得惴惴不安。没错，我以前的确在田里开过两次联合收割机，那是在我们家附近希尔宾克斯家的农场里。而且，他们的机器（虽然型号不同）也是约翰·迪尔公司生产的。可是当时的时速不超过一英里，而且整个过程中都有爸爸在旁边教我。对于自己是不是已经可以独自操作了，我实在没有把握。我给了杰斯一个埋怨的眼神，他从米克的膝上摇晃着站起来，然后步履蹒跚地走回了皮卡车。

"我不行！"我说，"要是我搞砸了可怎么办？"

"她不行，"欧巴酱说，"我不准。她会犯错的，她可能会弄坏收割机，可能撞上其他收割机，同时弄坏两台。然后，害得他父母余生都得负债。"

"你有多长时间的驾驶经验？"帕克夫人看着我，好奇地问。

"五个小时。"我回答。

"大家都疯了吗？我们不可能让一个十二岁的小丫头驾驶联合收割机！"帕克先生说。他转向吉酱，问："你真的不能干活了吗？"

“绝对不行！”帕克夫人大声抗议。

“亲爱的，让我来和他谈。”

“我能工作，”吉酱说，“我的吃苦耐劳的工人。”

“绝对不行！”帕克夫人再次抗议道。她转向帕克先生，两人互相盯着对方，足足看了三秒钟。

帕克先生突然耸耸肩表示妥协，喃喃自语道：“让妻子开心，这辈子就开心。”

其他人匆匆吃完便四散离去，一边回到各自的岗位，一边向我外公投来担忧的目光。

“你快躺下。”欧巴酱对他说。然后，吉酱虽然一个字都没说，欧巴酱却问：“为什么你要和我争辩？”

“我不喜欢躺下。”

“你十七岁时我就认识你了，我知道你要和我争辩。”欧巴酱说。

“我就知道你会这么说，”吉酱反驳道，“你什么事情都想争，你比我更喜欢争。”

“才不是，你最爱争辩。”

然后，他们为了谁爱争辩的问题争了一两分钟。最后，吉酱拗不过，还是躺在了客座上。

“我得干活，”他赌气地说，可是接下来他却闭上了眼睛，“啊——”地长舒了一口气，好像躺下来感觉好极了一样。

欧巴酱和我把杰斯和吉酱弄上了床，然后她开始洗碗，我则负责擦干。"对了，我已经决定好了，压力的地球上最强大的力量。"

我没有回应。收拾好厨房，我便拿着手电筒出去遛闪电了。遛完以后，夜里就得把它关起来。田里光秃秃的，仿佛被炸弹炸过一样，而工人们正在收割的那片麦田却泛着涟漪，简直是天壤之别。我琢磨着我们捉襟见肘的积蓄，不知道由于吉酱今晚干不了活，他们会不会扣他的工资。更糟的是，万一他们炒我们鱿鱼怎么办？

闪电在收割过的田里撒着欢奔跑着。它吓出来一只兔子，然后追了上去。它们跑得可真快，我站在原地，欣赏着闪电健壮的黑色身躯在月光下跃动。闪电逮住了兔子，然后咬着它来回甩，杀死了它。在家里它要是这么做，我们就能吃上兔肉。狗杀死兔子，蚊子杀死人，而人几乎什么都杀。可是，我真的认为我们的灵魂都很善良。这个问题太深奥了，我在心里记了下来。

我大喊了一声"闪电"，然后它就飞奔着穿过农田，叼着血淋淋的死兔子回到我身边。我把死兔子拿进了露营车，问正在读日文杂志的欧巴酱："快看闪电逮着什么了。"

"帕克夫人的食谱里没有兔肉，把它扔了。"

"那我可以做给闪电吃吗？"

欧巴酱似乎考虑了一下，然后说："那你弄完后得收拾干净。"

我拿出一把大菜刀，问欧巴酱："有没有锤子呀？"

"用那个，"她指了指一本食谱，"我来。"

于是，我把菜刀架在兔子的脚踝上，然后欧巴酱敲打刀背，把兔子的后腿卸了下来。我们用这种方法把前腿和尾巴也剁了下来，最后才是脑袋。接着，我从脚踝处开始，剥掉了兔子皮。闪电在我身旁急得直哼哼。我把兔子内脏一下全抠出来，冲洗干净，只留下了肝脏。然后，我开始用胡萝卜和芹菜煮肉。

欧巴酱去查看吉酱和杰斯了。为了给帕克夫妇省电，我们调高了空调的温度。可是，由于炉子又烧起来了，我的脸和胸前又开始流汗。于是，我洗了手，走出了车厢。虽然外面也好不到哪儿去，但至少有风。远远望去，还没收割的麦田看起来仿佛是一张飞毯。

我凝视着帕克一家的露营车，看了一会儿后，我决定去跟罗比打个招呼。可是转念一想，我又决定不去了，因为那样显得太主动，而且他今天一直没理我。最后，我还是决定去找他算了。我敲了敲门，罗比打开了门，拉斯基先生那个漂亮的女儿竟然站在他身后。我目不转睛地看了她好一会儿。实在是太意外了，有那么一瞬，我的脑子好像变得空无一物。然后，我脱口而出，问她："你在这里干吗？"

罗比转头对她说："她外公是给我们开联合收割机的。"从他说话的语气里，我可以听出来他的意思是说我无关紧要，我的家人也是。我记得我还系着围裙，我低头看了看，发现上面还有兔子的血和内脏的污渍。我悲愤交加，既想哭、又想朝他大喊大叫。

然而，我却平静地说："你吻我的时候似乎并不介意那一点。"他看上去惊讶万分，我的心中涌起一股得胜的喜悦。

我走开了，而且不忘高昂着头。杰斯独自坐在我们"门廊"的灯下，脑袋朝一侧耷拉着。"怎么了？"他问我。

"什么'怎么了'？我心情很糟，所以别惹我。你在干吗？"

"你额头上有东西。"

我抹了抹额头，发现那是一小块兔子内脏。也就是说，我去见罗比的时候，额头上还沾着这玩意。这可真是好极了！"别多管闲事！"

"我以前就说过，现在我再说一遍：我做错了什么？"杰斯挠着脸，然后突然跪在地上，用脑袋撞着地面。我一把从后面抓住他，锁住了他的胳膊。他身体虚弱，根本反抗不了什么，很快就镇定下来。有时他会假装投降，然后等我一松手，他就又用前额撞地。我冒险放开了他。我们都汗如雨下，他像欧巴酱那样四仰八叉地躺在地上，然后干呕起来。

"你要是想吐，还是坐起来好，免得呛着。"我说，"你为什么要下床？"

"不知道。我在车里待腻了，只是想躺在这里，说不定睡在这里。"

"你不能睡在这里。"

"你能背我回去吗？"

"我可以扶你，可是我背不动你。"

"那我就躺在这儿好了。"他闭上眼，看上去真的像是睡着了。

我头靠着门，在台阶上坐了很久。我觉得自己对整个世界一无所知，我一个人都不理解，甚至不理解我自己。

我走进露营车，从欧巴酱的钱包里取出她的手机。然后我回到外面，避开杰斯，拨通了梅乐蒂的电话。不知为什么，有一台联合收割机正在往回开。

"嗨，梅乐蒂。"

"萨默！我正在想你呢。莱纳老师家里出了点儿事情，所以今年剩下来的时间里都由另一个老师代课，他布置的作业超多，而且超级凶，你不在这儿可真走运。"

"梅乐蒂，我和一个男孩接吻了。"我匆忙地说，但声音很小，杰斯应该听不见。

"什么?！谁呀？"

"一个叫罗比·帕克的男孩，他是我们老板的儿子。我很迷恋他，然后他应该也喜欢我，因为他吻了我。"

"好极了！"

"不好，现在他喜欢上了这个农场里的一个女孩，而且还侮辱我外公。"

"哎，那可真恶心。真是个混蛋！"

"可是我在收割季剩下的时间里还会一直见到他，该怎么办才好呢？"

"说不定他会向你道歉的。"

"谁也不许侮辱我外公，我已经不喜欢那男孩了。"

这时，露营车的门打开了，我急忙把手机塞进兜里。

欧巴酱走了出来，说："出门时千万记得关炉子。我刚才说的什么？"

"出门时千万记得关炉子。"杰斯和我异口同声地复述道。

那台往回开的收割机已经到达麦田的边缘，然后停了下来。帕克夫人爬出驾驶室，朝我们走来。

"我很担心俊郎，所以过来看看他。"她说。她瞥了一眼杰斯，说："他怎么下床了？"然后，她一边竖起耳朵听，一边问："什么声音？"我知道那是围裙兜里梅乐蒂微弱的声音。

"我丈夫已经睡了。"欧巴酱说。

"你觉得我们需不需要找医生？"

"不要医生。医生会给你开药，让你上瘾。他好些了。杰斯一病就病很久，但是俊郎一辈子也没病很久。"

帕克夫人若有所思地说："行，好吧，既然你觉得他没事的话。"然后，她又看了一眼杰斯，"你们不能让他待在这里。"

"他太沉了，我背不动，可他非要我背才肯起来。"我解释着。

"这很好办。"说着，帕克夫人跪下身，大吼一声，把杰斯扛在了肩上，好像他没有八十磅，而只有二十磅重似的。

然后，她说："那声音又来了！"接着，声音消失了，我知道是梅乐蒂把电话挂了。

我帮帕克夫人扶着门，她爬了三级台阶，一路哼哼着走进露营车。她想把杰斯放到一张下铺上，结果没有对准，让杰斯的身子一半在床垫上，一半在空中，滑了下来。他扑通一声掉在了地上。"啊——"他呻吟着，"帕克夫人，请千万不要再这么做了。"

"真对不起，杰斯。"

杰斯慢慢地支起身子，然后爬上床躺下了。

"现在你们都休息一下，我不能边开收割机边惦记着每个人。"她干脆地说。

我喜欢帕克夫人。我的意思是，她的确让人头疼，但是我同时也知道，她之所以让人头疼，就是因为她惦记着每个人。我有个问题想问，要是在平时我肯定会问妈妈，可是现在妈妈不在身边，我觉得应该问问帕克夫人。我们走向她的收割机时，她转身问我："什么事情，萨默？"

"帕克夫人……"

"嗯？"

"你有没有同时感到耻辱和骄傲过？"我脱口而出。

"那是人之常情，甜心。"她用胡闹的语气说，"快去休息一下吧，天色很晚了。"然后她爬上了联合收割机。

我这才发现自己有多累，蒙羞和发怒已经让我耗尽了气力。我回到露营车，把欧巴酱的手机还回去，然后在我的床上躺下，置身于我熟睡的家人之间。他们虽然生着病，却是让我感到安全的港湾。

第十三章
吉酱一生中最糟的时候

等我痊愈后，我变成了一个截然不同的孩子——
一个知道自己可能会死的孩子。

——萨默

蟋蟀的鸣叫伴着柔和的乡村音乐，相映成趣——廉价收音机里播放的音乐有些刺耳，而蟋蟀的鸣叫又响又亮，霎时间闹腾起来，那声音仿佛来自四面八方。在昏暗的晨光中，我可以看见罗比，他在一台联合收割机的驾驶室里擦着窗户。时间是早上六点，吉酱和米克把各自的收割机开上了半挂车。音乐是从一辆大货车里传来的，达克先生坐在驾驶室里，等着大家装完。

这就是我们前往俄克拉荷马州的队伍：

1. 一辆拖着联合收割机和运谷挂车的大货车；

2. 一辆拖着联合收割机的大货车；

3. 一辆拖着割台的皮卡；

4. 一辆拖着割台的皮卡。

吉酱和米克各开一辆大货车，罗利和达克先生同坐一辆皮卡，欧巴酱开另一辆皮卡。到了俄克拉荷马州以后，罗利开一辆皮卡，达克先生开一辆大货车，一起返回得克萨斯。大概就是这样安排的，弄得我脑袋都晕了。

等我们到了富兰克林的农场开始收割后，吉酱和米克要把麦子直接倒进运谷挂车里，不用倒进收谷车。然后，欧巴酱会驾驶半挂，拖着运谷挂车，往返于谷仓和农场。两年前她拿到了商业性驾驶执照，所以可以开半挂。

当我们在六点半左右出发的时候，吉酱还在生病，但是他极力装出状态不错的样子。他告诉帕克夫人，他和欧巴酱都感觉很好。也许他说得并不对，因为欧巴酱现在得把皮卡开到俄克拉荷马州去，而实际上应该让达克先生来开才对。达克先生没睡好，现在正在休息。

不过，由于路程不是很长，所以我觉得吉酱和欧巴酱应该能坚持下来。杰斯和我用剪刀、石头、布来决定谁和欧巴酱同车，结果我输了。欧巴酱一直在发出"呃——"的呻吟，她没怎么说话，似乎疼痛占去了她全部的精力。

过了一会儿，我睡着了。等我睁开眼时，却发现我们在公路边停下了。除了我以外，所有人都围在欧巴酱周围，而她正躺在路边。

"我外婆躺了多久了？"我下车问道。

"大概十分钟了。"米克说，"我真不明白，你外公外婆几乎都干不动了，为什么还要来。"

"他们干的活不比你少。"我说，他没有回应。"欧巴酱，你能起来吗？"我跪在她身边问。

她伸出双手，杰斯和我一人拽住一只，把她拉了起来。她轻得几乎没有重量，比平时还要轻，好像今早她正在一点点消失似的。

我惊讶地看到欧巴酱坐在了客座上，在我睡着的时候他们肯定都商量好了，吉酱开的半挂现在由达克先生来开，吉酱则来驾驶我们的皮卡。

杰斯在我后面爬上了车。

然后，我们又上路了。"我说了我来开，"欧巴酱说，"倔老头。"

"你个倔老婆子，"吉酱说，"我可以开车。"

"谁老？你比我老！"

"大一个月而已！"

"三十五天！不止一个月！"

他们虽然总为对方着想，却又可以为鸡毛蒜皮的事情吵起来，真让人惊讶。他们争着开车，免得对方受累。"他们互相表达着爱，"爸爸曾经一边看着美式足球赛，一边告诉我，"这就是他们说话的方式。前面的别挡着——刚刚那个触地得分我竟然没看到！"

在患上疟疾以前，我以为爸爸爱体育胜过爱我，然而，在我生病期间，全家简直像搬进病房似的陪着我。在我迷迷糊糊，甚至近乎幻觉般的记忆中，他们曾像无声的鬼魂一样在我病房里飘来飘去。我觉得好像只有我是活人，而他们都是行尸走肉。我们身处两个不同的世界，但是我在自己的那个世界却知道爸爸是多么希望我能好起来。其实，我什么都记得，真的。

"还有多远？"这时我问欧巴酱。

她只说了句"你需要睡觉"。

然后，我想到了米克，顿时变得气不打一处来。吉酱只不过碰巧生病了而已，除此之外，他实际上干活跟米克干得一样久，干得一样勤。欧巴酱和我每天都给大伙儿做饭，我们活都干得很好，他没资格那么说。我真是一点儿也不喜欢米克。

我扭头看向窗外，心里充满了对米克的恶意。我恨不得他从货车里摔下来，被另一辆货车碾死。可接着我又为那样的念头感到内疚。但是你也知道，人有时就是克制不住会有些想法，至少我认为是这样。我爸爸妈妈也这么认为，可是外公外婆却不这么想。实际上，我做那些冥想练习，就是为了帮助自己善意地思考，虽然有时真的很难做到。

或许就是因为这样，我才总是会思考《独自和解》吧。基恩嫉妒芬尼，所以有一天他才出于嫉妒去摇晃树枝，害得芬尼摔在了地上。我认为基恩是故意的，我可不想哪天也做出那么可怕的事情来，一想到自己心中可能存有邪念，我不禁胆战心惊。所以，每当吉酱说我应该冥想，应该做呼吸训练时，我绝不会有异议。这么做能让我心胸更加开阔。

我又闭上了眼睛。

过了很久，我听见米克在电台上说我们已经到汽车旅馆了，那是帕克夫人为我们订好的。

"我们得把机器卸在农场里，"米克说，"就在前面一点。由纪子，你去领房卡，可以吗？俊郎，你把家人放下后也得去农场。"

吉酱把车开进碎石停车场，停在了一个招牌下面，那招牌上写着"惠特兰汽车旅馆"。这时正好有一小群人离开旅馆，他们很有可能和我们一样都是收麦子的，我似乎感觉得出来。

我没有下车，因为我刚刚决定要整天跟着吉酱，以免他又不舒服。杰斯和欧巴酱走下车，他在风中大声喊道："我是伟大的乐高建筑师杰斯·宫本！我来征服这个州啦！"等我们到达农场时，罗利已经在卸一台联合收割机了。卸完后，他二话不说就钻进一辆半挂返回得克萨斯。达克先生也爬进一辆皮卡，然后离开了。大家都睡得那么少，真不知道他们怎么还能撑下去。

吉酱强装没事地咧嘴笑着，样子有点儿别扭。米克用联合收割机割了一片小麦，然后爬进集谷箱，用湿度计量了量。"太潮了。"他喊道。于是，我们跳上皮卡，返回汽车旅馆，登记入住后便一边睡觉一边等着麦子放干。

欧巴酱和杰斯在柜台外面的长椅上坐着，她看见我们便站起来，把米克的房卡递给他。米克说："两小时后见，到时候我会再检查一下湿度。"

吉酱点点头。他平时说起话来精气十足，现在却耷拉着肩。我握着他的手，走向我们的房间。欧巴酱和吉酱马上躺在了床上，所以只剩下杰斯和我把皮卡上的行李搬下来。我们带了好几瓶水，两个咖啡壶，一人还有一个行李箱——我们应该不会在这里逗留太久。

我觉得好像是刚一睡着就听见敲门声了，我迷迷糊糊、步履蹒跚地走去开门。只见米克站在门口，一副精疲力竭的样子，看上去真的像极了我的家人。

"麦子可以收了，"他说，"富兰克林先生打来电话，他在农舍等着咱们。"他提起一个咖啡壶说，说："我不知道美国人怎么可以喝这么多咖啡，这东西虽然难喝，不过确实提神。"

"你想进来等吗？"我问他，"我们一会儿就好。"

"我就在外面等。"

欧巴酱已经起床，换上了干净衣服。她简直就是不睡觉的女超人。此时，她正听着 MP3。她喜欢布鲁斯·斯普林斯汀 [1]，真是奇怪。听她吼出"拿把刀斩断我心中的痛"之类的歌词，真是滑稽极了。她拿起一个咖啡壶，倒了杯咖啡。"俊郎，"她说，"抱歉，真的抱歉，可是你现在要工作了。"

[1] 布鲁斯·斯普林斯汀（1949—）：美国摇滚歌手、创作者与吉他手。

吉酱睁开眼，却不见动静。终于，他坐起来说了句"这个的我一生最糟的时候"，然后下了床。我真替他难过。我们睡觉的时候一件衣服都没脱，他上完厕所后，衣服也没换，直接就出去了。欧巴酱和我跟了出去，她得把皮卡从汽车旅馆开到大货车那儿，然后再开大货车去谷仓，回来后再换开皮卡返回旅馆休息。我把闪电留在了旅馆，以免又惹上什么麻烦。

车开了几英里后，我们到了一间农舍。一个男人坐在门廊前，膝盖上放着把猎枪。猎枪是用来打猎的，可他坐在门廊前，显然不是在打猎。欧巴酱在皮卡里待命。

那个男人站起来，问："帕克收割队吗？"

"是的，"米克回答，并且伸出了手，"我是米克，这是俊郎。"

"以前我还从没见过中国收割工。"农场主看了看吉酱说。

"是日本人。"看到吉酱和米克都没纠正他，我便提高嗓门，格外礼貌地说。我也不知道为什么，只要是跟不熟悉亚洲人的人打交道，我总是不得不尽量表现得客客气气的。农场主目不转睛地仔细打量着我，说："你刚刚触电了吗？"我这才想起头发没梳。然后他笑了，我也笑了。

"你是爱尔兰人？"他问米克。

"是的。"

"以前见过。去年我们有两个南非来的。"

"真的吗？"米克说。

农场主看了看表，问："你确定真的可以收了吗？"

"是的。"

"你们看起来有点儿累，希望还有足够的精力干活。"

"没问题。"米克说。

吉酱也抖擞精神："我们的吃苦耐劳。"

"行，那就上吧。我这儿差不多有一千五百英亩地，这周末应该就会下雨，所以日程很紧。估计你们每人每小时得收割将近二十英亩。"

"那咱们现在就开工。"米克说。

农场主回到了他的座位。我们走向皮卡车，一路上我都可以感觉到他的目光，如同芒刺在背。农场主在收割季会变得高度警惕。

"他拿枪干吗？"走到他听不见的地方后，我问道。

"美国有很多疯子。我也不知道为什么。"吉酱回答。

我们朝欧巴酱挥挥手，她便把车开走了。"你是说不知道为什么美国有这么多疯子，还是说不知道为什么他拿枪？"我问，"哦，不！我忘了拿避蚊胺了。"一时间我觉得自己简直无法呼吸。

"回汽车旅馆去。"吉酱对我说。

"有没有谁能开大货车把我送回去呢？"我恳求道，"行行好，我想在吉酱开收割机时陪着他。"

米克摆着臭脸考虑着我的请求。我们都已经大汗淋漓，我用胳膊抹了抹脸上的汗，然后在短裤上擦了擦。

"你只能走回去，我们时间很紧。"米克回答。

虽然他说得没错，可我真的讨厌这家伙。

我环顾着农场。麦田的南边微微有些坡度，在明媚的天空下看上去仿佛是风积沙。

是陪着吉酱开收割机，还是走回旅馆拿我的避蚊胺，我必须做出选择。吉酱爬上联合收割机，我跟了过去，问："你真的还能坚持吗？"

他凝视着正前方，双唇紧闭，然后说："我的吃苦耐劳。"

"我知道，可是你病了。"

他没有回应，直接插上钥匙发动引擎，然后按了两下喇叭。在开动联合收割机前必须得这么做，以便警告站在周围的人让路。

乘客席坐起来实在是不舒服，于是我把腿蜷起来，搁到了椅子上。帕克夫妇确保每台联合收割机上随时都有这些东西：一个手电筒、一根用于补充钾的香蕉，还有一瓶水。我把香蕉递给吉酱，他摇了摇头。接着他打开空调，闭上眼享受着吹来的凉风。

每次爬进联合收割机，我都会感到自己很渺小，感觉就像是骑着一座小房子。吉酱又按了两下喇叭，机器随之颤动

起来。他把收割机开向米克已经开始收割的那一边。米克在
麦田边缘留了一列麦子给我们割。

　　我回头看吉酱时，他正把油门控制杆推到每小时五英里。
我想起了罗比。假如他更喜欢拉斯基家的那个女孩，那就让
他喜欢去吧，可是，为什么他非要那么说呢？然后，我的心
思又飞到蚊子上去了。它们已经存在了三千万年。有一次我
读到这样一个说法：假如把世界上所有的蚂蚁都堆在一起，
它们的重量比全世界的人加起来还重。我在想蚊子会不会也
是这样。爸爸说我的毛病就在这里——我想得太多了，脑袋
里尽是些关于蚊子的荒唐念头。他觉得那是因为蚊子不光对
我的身体造成了伤害，还对我的心智也造成了伤害，而且需
要很长时间才能恢复。吉酱还添油加醋地说，我要是不做冥
想练习，心智可能永远都恢复不了了。

　　我又一次想起了我以前的狗——小鹿，它临死前自己是
知道的。我得疟疾的时候也可以思考，但好像用的不是正常
的大脑，而是另一个大脑。后来发生了点儿什么事情——我
猜可能是药物战胜了寄生虫吧，结果我活下来了。等我痊愈
后，我变成了一个截然不同的孩子——一个知道自己可能会
死的孩子。而在那之前，我从没有想到过死。

　　我抬头看见米克的联合收割机就在我们旁边。我朝他招
了招手，可是他没有回应我。

　　"感觉不舒服。"吉酱突然说。

"什么？"

"感觉不舒服。"他又说了一遍。我等着他解释清楚，结果没了下文。过了一分钟，他停下收割机，似乎陷入了沉思。

他说："我可能得停一下。"

我一时没弄明白他的意思到底是"我得停一下"，还是"收割机得停一下"。

"感觉不舒服。"

"你需要什么？"我突然不安地问。

"我只需要坐下来想想。"

电台响了起来，米克问道："没事吧，啊？"

吉酱拿起话筒，说："没事，我只是在思考。"

"你说你在思考？"

"对，我需要思考。"

米克没有回话，吉酱又发动了联合收割机。我们撞上了一小块草丛，我可以闻到它们被切割起来，然后从收割机后面抛出去的气味，还可以听见草从机器中通过时，收割机发出的隆隆声。

我看着吉酱阴郁的脸。他是个快乐的人，我极少见到他这么阴郁，这让我有种想哭的冲动。吉酱似乎在权衡着他的选择，可是他什么也没有再说。

第十四章
三万磅重的联合收割机

生活中没有什么事是小菜一碟。

——米克

　　几个小时后，欧巴酱、杰斯还有闪电坐着皮卡来到了麦田。欧巴酱的手提包里装满了各种从自动贩卖机里买来的东西：什锦果仁、糖果、芙乐多玉米片、水，还有其他饮料。"总算是吃上一餐有营养的了。"米克咬了一口士力架说。吉酱喝了点儿佳得乐，但他说不想吃东西。我吃了点儿放久了的芙乐多。

　　我们吃饱喝足准备复工时，欧巴酱问吉酱："感觉怎么样，老家伙？"

　　吉酱恼火地对着空气重重地打了一下。

　　欧巴酱驱车把收割的谷子运往谷仓。闪电对着车窗外面嚎叫——有时当我们分开的时候，它就会这么做。

　　吉酱和我又爬进了联合收割机，然后他一言不发地驾驶着。一切都还顺利，就是有时候吉酱的下巴会放松，脑袋微微倾斜。我知道他这时肯定只想爬上床睡觉。我们在五点左右又休息了一次，这时我依然能感觉到热风拂面。我们都站在麦田中间，周围刮着大风。吉酱伸了个懒腰，然后闭上眼躺下了。我集中精力在空气中搜寻着蚊子的踪迹，可是一只都没有。

几分钟后，我们又回到了联合收割机上。吉酱发动引擎，按了两下喇叭，并且在原地坐了起码有一分钟。然后，他说："我不能再开了。"说着，他的身体往座椅上一沉，"关掉吧。"

"我来吗？"我向前探身，小心翼翼地握住了一根操纵杆，把它拉回中间的位置。透过玻璃，我看见米克仍然在驾驶。麦田很长，但有点儿狭窄。

"你欧巴酱脖子疼还在开车，我生病了也应该坚持的，可是我没有她坚强。跟米克说我现在不干了，干不动了。"

我战战兢兢地拿起电台，说："我外公干不了了。"

"那他还好吧？"

"我也不知道。"我如实地回答道。

"你把收割机开回皮卡那边，"吉酱说，"我开不了。然后你再开皮卡把我送回汽车旅馆。"

我忐忑不安地说："可是皮卡是手动挡的，我不知道会不会开。"在堪萨斯州，十四岁就可以获得学车许可证，所以我跟爸爸学过驾驶，可是我们的皮卡是自动挡的。我看了看大片大片等待收割的麦田，又看了看越来越阴沉的天，真希望雨不要提前下下来。然后，我又看着吉酱。

他说："那就开联合收割机把我送回旅馆。"

我爬出驾驶室，走到平台上，心怦怦直跳。接着，吉酱也爬了出来。然后我们又回到驾驶室，我先进去，坐到方向盘前面，他坐在了乘客席上。我觉得自己好渺小，突然之间体会到了做老鼠是什么感觉。我把收割机从空转状态启动，缓慢地驶过麦田，向皮卡驶去。我从侧镜里看了看米克的收割机。

这里比起拉斯基农场的地面更加高低不平，所以进度要慢一些，一台联合收割机绝不可能在几天内收割完所有的小麦。农场虽然不大，这时却似乎成了世界上最大的一片农场。我们的联合收割机摇晃了起来，原来割过的麦子下面藏着一条暗沟，我刚好开了进去。我吓坏了，只好又让收割机空转起来。

吉酱闭上了眼睛。我问他："吉酱？"可是他没有回答。开到皮卡车那里后，我关掉联合收割机，原地干坐着。吉酱睡着了，我不知所措。我看见街对面的农场里，别人的联合收割机正在驶过麦田。我在想，为了按时完成任务，我们是不是只能把自己的活交给他们呢？要是真那么做的话，帕克夫妇得损失多少钱呢？他们会不会扣我们的工资呢？我把钥匙塞进兜里，以免联合收割机被人偷走。

电台又响了起来："他不干了吗，啊？"

"是的，"我回答，"他想要我开联合收割机把他送回汽车旅馆。"

"我来，"米克说，"待在那里别动。"

我坐在原地，看着米克把他的收割机开过来。他爬下梯子，直接跳过最后几步，跑过来爬上了我们的收割机。米克掀开门，打量着吉酱，看到他似乎睡着了。

"我没法把他从梯子上弄下来，你能叫醒他吗？"米克问。

"没问题。"我轻轻地摇了摇吉酱，没有奏效。于是，我凑近他，说："吉酱？吉酱！"他把头扭向左边。"米克来了，他可以开皮卡把我们送回旅馆。"

吉酱睁开眼，说："谢谢你，谢谢你，米克。"

回到汽车旅馆后，吉酱被米克扶着走回房间，然后倒头就睡。"需要什么的话就跟我说，"米克说，"喏，写一下我的手机号码。"

我拿出纸笔，把米克的手机号写在一本惠特兰汽车旅馆的拍纸簿上。然后，他就离开了。我坐在我和杰斯共用的那张床上。欧巴酱、杰斯，还有闪电都还在谷仓那边。不一会儿，电话响了，把我吓了一跳。

"喂？"我说。

"我是帕克先生。"

"嗨！"

"你外公还会回去干活吗？"

米克肯定刚刚给他打了电话。"呃……不清楚，我是说，暂时还不清楚。"

"告诉他说咱们时间不多了。"

我看了看钟——时间快到晚上六点了。

"今晚他就会回去工作，"我撒了个谎，"他睡得太少了。"我真的恨不得挂掉电话。

"休息一小会儿是可以的，"帕克先生斩钉截铁地说，"但是告诉他尽量别耽搁太久，好吗？他应该只是打个盹吧？"

"但愿是这样。"我实话实说。

帕克先生叹了口气，然后不说话了。

"喂？"我问。

"顺其自然吧。"他终于回应道。我知道那首歌："该怎样就怎样，未来不得而知，顺其自然吧。"他接着说："要是他病得太厉害，当然不该继续干活。不要介意我刚才说的。不管他今天是不是真的会回去干活，都告诉我一声，我想让我的每个客户都满意。好了，再见。"

"再见。"

我几乎可以切身体会到帕克先生的两难处境：是善解人意，还是雷厉风行？是处理好员工，还是处理好庄稼？

我拿着一些作业走到了外面。我环顾四周，闪电却不在我身边。一只蚊子停在我的胳膊上，吓得我手忙脚乱、失声尖叫。走廊里某间办公室的门开了，一个男人喊道："是你在叫吗？"

"没事。"

"叫成那样还没事吗？"

"是因为……有只蚊子。"

他盯着我看了一会儿，然后返回了办公室。

我回到房间，冲了个澡，把全身涂满了避蚊胺。我肚子里一阵难受：要是这份工作搞砸了，我们该怎么还贷款呢？要是我们失去了房子，还能住在哪里呢？我拿出日记本和笔，坐在地板上，垫在马桶盖上写起日记来。

我们有一道作文题目是这样的：假如你不是你自己，你希望变成谁呢？这作文题目真是莫名其妙，因为你只有试过从别人的角度体验生活，才能知道自己想当谁。不过，我还是决定尽力而为。

假如我可以变成世界上任何一个人，我愿意变成我外公。他的年纪已经有六十七岁四个月零三天了。外公来自日本，有一次他和我外婆来美国长途旅行，结果我妈妈在途中出生了，于是外公就留在了美国。我妈妈是个早产儿，医生说她可能会死，所以他们吓坏了。不过，她活了下来。外公是个联合收割机驾驶员。就拿这个夏天来说，全美国大概、可能、差不多有三千个联合收割机驾驶员正在忙活吧。也可能少一点儿，不过这也不算太多。他们吃苦耐劳。不过，我~~说不定~~也许当不好联合收割机驾驶员，因为……

突然，我一时想不起来到底是新老师，还是原来的老师不喜欢口头表达方式了。我停下笔，有了一个主意。我是说，这真的是个很了不起的主意，让我想着想着连手都开始发抖了，我的注意力再也无法集中在作业上了。这时，前门开了，把我吓了一跳。我走进大厅，只见闪电向我飞奔而来，爪子在地板上欢快地蹦着。"闪电，闪电，我想死你了！"我蹲下来，紧紧地抱住它。欧巴酱把几块用塑胶纸包装的三明治扔到床上，那是我和杰斯的食物。杰斯吃三明治的时候老是挤得太用力，弄得他的上唇沾满了蛋黄酱。

欧巴酱站在吉酱睡觉的那张床旁边，房间里光线很暗。"他看上去很糟，"她说，"脸色灰白。"她对我吼着，好像那全是我的错似的。然后，她默默地点点头，继续说："估计这就是我们最后一次给帕克夫妇打工了。我知道我给帕克夫人惹了麻烦，她是好女人。他们不会再雇我们，都是我的错。我应该学会开联合收割机的，我应该爱惜自己的背的，我应该练瑜伽的，我应该给俊郎带些梅干的。"她低垂着脑袋，又点了点头。

我不知道该说些什么，只好把避蚊胺塞进后兜，轻声呼唤闪电。我们沿着汽车旅馆周围转悠，走上公路，然后又回到旅馆，我在脑海里琢磨着先前的那个念头。在夜晚清新的空气中漫步，感觉真的不错。等我返回房间后，除了欧巴酱之外，大家都睡了。她坐在自己的床上，床头灯开着，发出微弱的光亮。她见到我也没有说话。

　　我背对她躺下，睁着眼睛，刻意让自己不睡着。接着我听到一点儿动静，然后灯光熄灭了，房间里变得一片漆黑。在我之后，欧巴酱似乎终于躺了下去。闪电跳上床，紧紧地依偎着我。我在脑海里默数到一千，然后问："欧巴酱？"她咕哝了句什么，不过我觉得她只是半睡半醒，或者只有四分之一是清醒的。

　　我的心狂跳不已。我尽量轻手轻脚地下了床，闪电也跟了上来。光线太暗，于是我一边伸出手摸索，一边缓慢地挪动。在门口的地上，我挥着手寻找着我的人字拖。由于房卡放在短裤兜里，所以我可以直接溜出去。外面的温度十分宜人，大概华氏七十五度左右。一阵风拂过我的脸庞，我犹豫了。汽车旅馆外面真是伸手不见五指！我下定决心，还是迈过了路沿。

　　要是我有手电筒该多好呀。联合收割机里有手电筒，可是远水救不了近火。汽车旅馆的招牌不规则地闪烁着："没有空房"。我喜欢这灯光，它让我稍微感到安全了些。我知道闪电在黑夜里看得清，可是对于我来说实在是有点儿恐怖。公路的方向有一点儿微弱的光亮，于是我向那边走去。突然我听到"砰"的一声，吓得我大叫起来。然后，我站在原地一动不动地倾听着，结果却没了动静。于是，我继续赶路。走到光亮处后，我发现那响声来自一座看上去像仓库的房子，房子前面有一面旗帜。不过，光线还是很暗。这时，闪电跑了出去，消失在了夜色中。我吓呆了，连忙喊道："闪电，回来！"它马上又跑回来，蹭着我的手。

别的农场里的联合收割机从远处投来些许光亮，稍微将我前面的路照亮了一点儿。谢天谢地，大灯对着我们，因此随着我慢慢向它靠近，灯光就变得越来越亮。"我们要去拯救世界了，"我对闪电说，"要是你想知道的话，这就是我们要做的事情。"这时，我不禁怀疑这一切是不是在做梦。

我回想着爸爸坐在我身边，指导我驾驶联合收割机时的情景。那是在我家附近，希尔宾克斯家的农场里。而现在他却离我很远，远隔重洋，天各一方。日本现在应该是白天吧。

我突然变得惴惴不安起来：要是我弄坏了联合收割机可怎么办？我思考着那三十五万美元一台的价格。不过，我倒是不清楚自己能怎么把它给弄坏——富兰克林的农场里既没有树，也没有大石头之类的东西让我去撞，可是……

终于，我看到米克那台联合收割机的大灯了，顿时感到如释重负。这样，我就可以判断另一台联合收割机停在哪里了。"老天，在那儿！好耶！"我小跑着奔向收割机，周围似乎有一群蟋蟀大军在喧闹。

到达收割机后，我把脸贴在它那冰凉却令人平静的金属外壳上。我先把闪电推了上去，然后自己再爬上驾驶室，关上车门，坐在了方向盘前。

"呃——"这时，我的五脏六腑突然间变得翻江倒海，仿佛体内的所有东西都要挪位似的。啊！我闭上眼，深呼吸了几下。我已经别无选择。我在驾驶室的地板上摸索到手电筒，然后将它放在身旁。虽然我知道除了米克之外周围空无一人，我还是按了两下喇叭。我转动点火器的钥匙，并且打开了灯。

电台立刻响了起来："俊郎吗？"米克问。

我拿起电台回答："是我，萨默。"

"萨默！你在干吗？"

"我要驾驶联合收割机。我知道怎么开，勉强会点儿，我勉强知道怎么开。"

然后是一阵长长的沉默，长到我恨不得想问他还在不在。终于，他说："你当真吗，啊？"

"嗯，我以前开过，小菜一碟。"

"生活中没有什么事情是小菜一碟。"他回应道，然后没有再说什么。

我把联合收割机换到 2 挡，松开停车制动器，然后小心地将收割机开向前方的麦田。这时电台又响了起来。

"你收北边，我收南边，可以吗？"

"好的。"我平静地回答，可是我的大脑却在问：北边？哪边是北边？好在我记得太阳落山的方向，所以那就是西边。

我以每小时两英里的速度驶向尚未收割的麦田边缘。我先向下，然后向上按动按钮，启动了脱粒器。接着，我又按下割台的按钮，那是两个黄色的按钮，就在主控装置旁边，可以上下按动。我不确定所有的按钮都是干什么的，我只是按爸爸教过我的去做。

所有东西都启动和运行之后，联合收割机震动了起来，我知道肯定是有什么大动作了。于是，我用右手控制放下了割台，接着又按下液压手柄，一个液压驱动马达便让机器向前动了起来。操作杆很容易使用，只要慢慢地把它往右推一点点，然后再往前推就行了。我其实可以继续推，让速度更快的，只不过我还是胆子太小了。

我左手扶着方向盘，右手放在割台的高度控制按钮上。就像先前已经说过的那样，这里的田地高低不平，我必须对地面非常留意。这就好像走路时每走一步都会不自觉地调整双脚一样。先前的恶心感消失了，我变得比以往任何时候都更机敏,仿佛所有的感官都增强了一样。我的嗅觉更灵敏了,鼻孔里充满了小麦的芬芳。我推动操作杆,让速度提高到了每小时四英里。

"别开太快。"电台里米克的声音简直震耳欲聋。

我有点儿烦米克,所以没有回话。他是个消极的家伙。不过我的确感觉有点儿失控,于是又把速度降到了每小时两英里。虽然有驾驶室的保护,而且身上涂了厚厚一层避蚊胺,我还是很担心蚊子,它们的嗅觉太灵了。但转念一想,它们飞行的速度只能达到每小时一到一点五英里,所以它们追不上坐在联合收割机里的我。这个想法可能不怎么符合逻辑,却让我安心了一些。蚊子拥有一些连科学家都弄不清楚的感觉,所以蚊子和人之间的斗争并不公平。它们可以看见身体的温度,闻到汗的气味,而且在一百英尺以外就能闻到人呼出的气息,这些东西会让它们兴奋得不得了。相信我,让蚊子兴奋起来可不是什么好事。

这时,一种奇怪的压迫感充满了我的全身,我的胸部因为体内剧烈的压迫感而疼痛起来,似乎有什么东西在开始挤压我的心肺。你听说过十二岁的女孩子会心脏病发作吗?我知道这并不是心脏病,可是我的胸部真的很疼,我在想,这说不定是一种罕见的少女心脏病吧。我记得欧巴酱说过,压力是世界上最强的力量,而此刻我肩负的压力和内心的压力的确很多很多。

行驶了五分钟后，我把联合收割机挂到了怠速挡。仪表盘上显示集谷箱已经装载了百分之四十，只比吉酱离开前稍微多了一点点。假如我以每小时两英里的速度行驶，每小时收割七点五英亩，那么……哎！我一时算不出来。管他的，谁在乎呢？只管开就是了。

于是，我又开始驾驶联合收割机。我感到体内涌起一股暖意，就像刚喝了热苹果汁一样。只有我一个人，单枪匹马地驾驶着联合收割机！而且成功了！尘土飞扬，我打开了雨刮。我聚精会神、全神贯注地操作着。除了在杰斯病情发作时制服他以外，我还从来没像现在这样专心过。

我干得不错，这一点我心里清楚。由于灰太大，我看不见米克，然后他却突然冒了出来，和我会车后，又朝着相反的方向驶去。仪表盘显示联合收割机收集的谷子变得越来越多，然后装载量达到了百分之五十，简直就像奇迹一样。我开心地看着割台一圈接一圈地边转边割。

时间过得可真慢，我走路的速度都比每小时两英里要快，收割机似乎要等到猴年马月才能装满。不过，仪表盘上的读数却告诉我集谷箱变得越来越满。终于，集谷箱不可思议地装满了。我收起了割台，现在就可以让收割机掉头了。我转了个 U 字形的弯，向大货车驶去。

我把联合收割机停在靠近大货车的地方，按下了螺旋输送机的按钮，让螺旋输送机放出谷子。看着仪表盘上显示收割机正在清空，我往后一靠，闭上了眼睛，内心感到无比的满足和激动。我，萨默，竟然在做这样一件事情！我忍不住倾身拥抱着闪电。这时，米克突然在电台里嚷道："萨默，你没对准挂车！别卸了！"

"什么！"我猛戳按钮，停止了卸货，然后爬到平台上去看。

不，这不可能！我不知所措地僵在那里。地上堆着一堆麦子，除了站在原地干瞪眼，我实在想不出该做什么。

大脑恢复运转后，我冲进驾驶室，收起了螺旋输送机，然后趴在方向盘上，让自己镇定下来。此时此刻，我就在这里，无法逃避。联合收割机停放的位置距离运谷挂车还差几英寸。

我不想下去看自己究竟倒出了多少麦子，我真的不想，可是我必须这么做。欧巴酱、帕克夫妇、米克、富兰克林先生……他们肯定都会对我大发雷霆，吉酱肯定会失望透顶。这时，我想起了吉酱的忠告：要是犯错了，就应该马上直面错误，解决问题。

我关掉点火器，抓起手电筒，然后推开了驾驶室的门。在近距离直面自己造成的烂摊子之前，我停下来享受了最后一秒的平静。然后，我爬下梯子，先爬了几步，最后干脆跳了下去，闪电也跟了下来。我闻到了割下来的麦子的气味，如果是平时，这气味可以说沁人心脾，可现在我闻到的却是倒错了地方的麦子——被我洒在地上的麦子。我一遍又一遍地想着自己脱不了干系。然后，我终于看到了地上堆积如山的麦子。我靠着联合收割机，强忍住泪水，然后迅速地爬回驾驶室，拿起电台，说："米克？"

"怎么了，萨默？"

"太糟糕了！"我说，"地上洒了好多麦子！"我几乎是在厉声尖叫。

"我马上就来。"

我又跑到了下面。联合收割机的大灯照亮了夜空，在田地上投下尖锐的影子。那堆倒在地上的麦子似乎正在嘲笑着我。

我真希望能够快点了事，可是此时我什么也做不了。我直勾勾地看着麦堆，看起来似乎有二十或三十蒲式耳的样子。农场主要是看到他的宝贝麦子洒在了地上，肯定会气得火冒三丈。他辛苦了一整年，却落了个这样的结局！

米克赶过来后，迅速地评估了一下情况。他说："看来大概有六十蒲式耳。"比我预料的还糟！

"我必须得躺一会儿了。"我说着，像个婴儿一样蜷着身子躺下。总的来说，这也不算太糟，不是吗？战争比这更糟，受伤比这更糟，疟疾也比这更糟。我闭上眼睛，什么都不想看。我集中精力，试着让自己不要看见平时脑子里那些乱七八糟的形状，只想要夜色和平静。然后，我看见割台在麦田中旋转，还可以听到它的咆哮，似乎我除了这些，别的任何东西都看不见、也听不到了。

我支起身子，等着米克说我有多笨。他却爽快地说："别担心、别担心，我去从皮卡上把铲子拿过来，只需要把麦子铲到割台上面，然后发动收割机就行了。但是剩下的麦子就得用手捡了，那个最耗时间。"他凝神看了一下地上的麦子，然后重复了一遍："那个最耗时间。"他小跑着奔向皮卡，又停下来喊道："你把割台挪得离麦子近一点。"

我低吼一声，把闪电托举到联合收割机的平台上面。我可不想让它乱跑，弄不好搅进割台里边就坏了。把闪电推上去后，我也爬了上去，回到了驾驶室，把割台移到离地上的麦子更近的地方。关掉收割机后，我干坐在那里，看着米克一铲接一铲地铲着麦子。

我真恨不得周围有一堆沙，好让我把脑袋给埋进去。我的人生已经彻彻底底地糟透了，我除了是个麻烦鬼以外，什么都不是。脑袋靠着驾驶室的侧窗，我感到无比的孤独。这时，我突然想到了杰斯，不知道他一直以来的孤独感是不是就像这样呢？想到这一点，我有种作呕的感觉。

我看着漫天繁星和一轮皓月，一想到明晚自己还得上阵，我就倍感疲惫。"硬着头皮给我上！"爸爸有时会对着电视上的运动员这么喊，而我现在不得不硬着头皮上了。

米克停了下来，示意我开启割台。我照做了，然后又关

明天会有好运气

闭割台，让他继续铲。我们像这样不知道重复了多少遍。

最后我迫不及待地爬下收割机，去看麦子清理完了没有。结果却让我无比失望：地上明显还有一大堆麦子。挂车停在一片杂草丛生的地方，假如我把麦子倒下来的地方到处都是割下来的麦子，情况可能还会好一点儿，那样一来，地上剩余的麦子就不会这么明显了。小麦的谷粒和米粒差不多大，落在草丛里的麦子看上去实在是糟糕，富兰克林先生肯定会气死。

米克愤怒地朝地上踢了一脚，然后喘着气说："咱们清理了四分之三，现在暂时只能这样了。"他又对我说："把时间花在捡剩余的麦子上，还不如花在收割上面，咱们得尽量为富兰克林先生抢收麦子。瞧，等我把我收的麦子倒进去后，挂车差不多就满了。我和你通话时已经快收满了。所以，等我把收割机里的麦子装车后，今晚咱们就收工。我已经累垮了，不能继续收了。"米克用手捋了捋头发，"啊……我可能会帮你收拾残局，也可能不会，你回汽车旅馆去吧。"

我欣慰地发现，他似乎没有生我的气，于是我说了声："谢谢你。"

"分内的事情。"

"但我还是要谢谢你。晚安。"他竟然没有气得想杀掉我，简直难以置信。

"萨默，别担心，"他和蔼地说，"你割麦子割得很好。"

我看着他走回他的联合收割机，然后按了两声喇叭，虽然我想不到这么晚还会有谁在田里。不知道米克还要工作多久，之前我还觉得他是个消极的人，现在却觉得那似乎已经是很久很久以前的事情了。此刻，我真希望他是我哥哥。

我走回旅馆，一路上小镇寂静无声，公路也空空荡荡的。闪电在路上跑来跑去。有了手电筒，我变得放心多了，甚至还小跑起来。

回到汽车旅馆的前台，我隐约看见里边有台电视，还能听见自动贩卖机的日光灯发出嗡嗡的声音。我买了点儿水，然后和闪电坐在路沿上，抱着双腿哭了起来。既因为终于熬过了这个夜晚而欣慰地哭泣，也因为知道明天还要返回农场、还要再次驾驶联合收割机而焦虑地哭泣。

第十五章
魔力无处不在

魔力无处不在，在麦田里，在蚊子身上，
甚至是在这里。

——吉酱

我悄悄地溜进房间冲了个澡，这不仅是为了洗干净身体，更是为了拂去内心的压力。冲澡就是具有这样的作用，能够同时洗涤身心。冲完澡出来，我简直要崩溃了：左腿奇痒，我伸手去挠，竟然是个蚊子叮出来的包。我被蚊子叮了！我用尽全力才忍住没叫出来。蹲下去看那个包时，我突然有了奇怪的想法。

我记得，在我被那只传染疟疾的蚊子叮咬之后，过了一两个星期才开始感觉不舒服。也就是说，就算这只叮我的蚊子真的带有病毒（几乎不可能），我明天仍然有时间替吉酱开联合收割机，并且和米克及时完成任务。不过，我才不想操心明天的事情。推开浴室的门后，我就爬上床，挨着杰斯躺下了，并且不忘用被单盖在脑袋上当蚊帐。

"欧巴酱？"我轻声地问。

"干吗？"

"没什么。"是我叫醒她了，还是她真的从来不睡觉？

后来不知怎么就天亮了，房间里只剩下我一个人。大家都去哪儿了？我看了看钟——已经十点了。昨晚的事情只是一个梦，还是真的发生了呢？欧巴酱竟然会允许我睡懒觉！

我躺在床上思考着，试图找出答案。既有母老虎欧巴酱，可是又有让我睡懒觉的欧巴酱；既有整天训我的欧巴酱，又有忍着痛尽量把做饭的活自己揽下，好让我少干点活的欧巴酱；既有那个在我生病期间，据说住在医院里陪我的欧巴酱，又有可以为了任何一点事情讥讽我的欧巴酱。我的意思是说，只有一个我，一个杰斯，一个妈妈，一个爸爸，还有一个吉酱，可是欧巴酱似乎有两个——一个好欧巴酱，一个坏欧巴酱。

我起床涂上避蚊胺，然后穿上我唯一的长袖 T 恤和牛仔裤——虽然蚊子大多在夜间活动，我还是想把身体遮挡得越严实越好。随后，我从钱包里拿了几张一美元的钞票，准备去自动贩卖机买东西。走到外面，一股热浪便向我袭来。杰斯和一个我不认识的男孩坐在阴凉处，不知道在干些什么——似乎在摆弄小石子。我在自动贩卖机那里买了点儿冰茶和什锦糖果，然后迫不及待地撕开了什锦糖果的包装。呃……和我之前吃的那袋一样，尽是陈味。

我在杰斯旁边坐下来，问："吉酱怎么样了？"

"一样。"杰斯看也没看我便回答。他仔细地盯着一颗石子看，然后不知道为什么，扔下它，换了另一颗。他把新选中的那颗石子放进了他们正在摆的图案里，那图案看上去像花边——完美无瑕的花边。

"你是说他还是病得不轻吗？"

"可能好一点儿了。"说着，杰斯歪着脑袋，像个侦探一样打量着我，然后说，"有点儿可疑，你想干吗？"

"什么？"

这时，他却对我失去了兴趣，注意力又回到了石子上面。"他们说什么了？"我问。

"谁？"杰斯拿起一颗石子给他的小伙伴看，"你觉得怎么样？"

那个男孩抬起头，但没有往我这边看。他看着杰斯把石头放进花边图案，然后说："真酷。"

"欧巴酱和吉酱，他们说什么了？"

"什么意思？什么时候说的？"

"就是对我睡懒觉之类的事情说什么了？"

"没说什么。"

我格外仔细地看着那花边图案，它可真美，就像是伊丽莎白女王的房间里才有的东西。"欧巴酱去哪儿了？"

"吉酱还没好，她可能陪吉酱开联合收割机去了，也可能去谷仓了。"杰斯不耐烦地回答。他只想专心地摆弄他的石子，另一个男孩也目不转睛地盯着地面。

我知道，欧巴酱的背今晚肯定会比平时更疼，因为联合收割机的乘客席坐起来实在很难受，而且他们吃不上正餐。我眯着眼看了看天，乌云正在聚集，但它们并不是积雨云。吉酱身体还没好，那我今晚肯定还得派上用场。我试着去体会自己对这有什么感受，结果发现，我竟然因此下定了决心。我想象着以每小时三英里甚至四英里的速度驾驶会是什么样子，不过，我其实并不想开快，每小时两英里就够了。

"真漂亮。"我指着杰斯用石子摆出来的图案说。

他不屑地斜着眼瞟了我一下，可能是因为我打搅他了，也可能是因为不喜欢我用"漂亮"来形容他的杰作。

杰斯重新回到了他的宏大工程。这个图案的神奇之处就在于摆放得十分均匀，弧线恰到好处，实在是太美了。我心里不禁生起一丝嫉妒，杰斯做事总是做得那么、那么好。也许现在都不是什么正经事情，可是等他长大后，他会不会把这种追求完美的倾向转移到任何他想做的事情上去呢？还有，另外一个男孩是谁？他的作品几乎和杰斯的不相上下，而且他们竟然能在俄克拉荷马州的这座小镇里相遇！这不禁让我想起了吉酱说过的话："魔力无处不在，在麦田里，在蚊子身上，甚至是在这里。"他说这句话的时候，我们正开车经过怀俄明州的洛斯特斯普林斯，那里的人口只有四人。当时杰斯和我正在笑话这件事，吉酱却要我们别笑，他告诫道："别笑。谁也说不准这里有什么魔力，可能是坏的，也可能是好的。"

"你做这件事的时候会分泌大量的内啡肽吗？"我问杰斯，"还记得欧巴酱的针灸师说过的内啡肽吧？"有一次，我们陪着欧巴酱去威奇托市治疗背痛，针灸师说如果针刺对了地方，你的体内就会分泌大量的东西，让你舒服起来。这种东西就叫"内啡肽"。

"我记得，"他不耐烦地答道，似乎因为我还没走开而恼火，"内啡肽跟石头能有什么关系呀？"

我把身子仰了回来。石子摆出的图案大约有四英尺长、两英尺宽。可是有什么用呢？哎，要是我也能摆出像这样的花边图案来……不，我才不会浪费时间摆出这样的花边图案呢，我要去……做点儿什么——具体是什么我也不清楚。

杰斯最后看了一眼那个精致的图案，然后站起身，用脚把它抹掉了。我目瞪口呆，那么精美的作品就这样毁于一旦。他对另一个男孩说了声"走"，然后他们便走开了，站在我们房间的门口。

"我没有钥匙。"杰斯对我说。

我拿出我的钥匙，他走过来一言不发地拿了过去，然后他们两人进了房间。显然，他们那个摆弄石子的小俱乐部不欢迎我。于是，我决定自己用石子摆出点儿花边图案出来。我知道自己刚刚才说过这是浪费时间，可我就是想看看自己能不能做到。虽然并不是什么体力活，可我很快就大汗淋漓，就好像动脑筋会让我出汗一样。我全神贯注地拼着花边图案，可我发现，摆出完美的线条对我来说好难。走远了看，我发现摆得非常不均匀。

过了一会儿，我去自动贩卖机买了一瓶水，对闪电说："喝水。"它伸长脖子，张开嘴，然后我一点一点地往它嘴里倒水。它的天资一点儿也不逊色于杰斯，只不过是以另一种方式体现出来罢了。

我又坐在了石子图案旁边。我一定要拼出漂亮的花边图案，既然我能够驾驶联合收割机，那么这件事情我也能做到。连续好几个小时，我都坐在那里，试着把石子拼成花边图案，偶尔停下来吃点儿过期的什锦糖果、喝一口冰茶，或者给闪电喂点水。下午两点，我的T恤已经被汗水浸透，头发因为汗湿而纠结在一起，闪电也喘着气，可我拼的花边图案仍然赶不上杰斯的一半好。

我的背长时间弓着，已经变得很疼了。于是，我躺下来，望着上方的遮阳棚。这感觉真是棒极了。闪电凑过来，用鼻子蹭着我的脸，向我表示着关心。

我对闪电说："我拼不好石子，真是失败。"它舔着我的脸。"我放弃了。"说着，我低吼一声，从地上爬起来，向我们的客房走去。我敲了敲门，杰斯没有回应。我又敲了敲，门终于打开了，映入眼帘的是地板上摆成花边图案的乐高积木。

看着这两个男孩认真地摆弄玩具，我不禁又想起了《独自和解》，想起了芬尼是怎么死的。死亡这件事很奇怪，你在将死的时候，其实是不怕死的，可是你一旦走出了死亡的边缘，就又变得怕死了。那死亡到底可不可怕呢？带着这个问题，我又拿起那本书读了起来。

过了一个小时，欧巴酱和吉酱走了进来。"吃饭时间到了，"欧巴酱说，时钟显示时间是下午三点零七分，"我们都快饿死了。"

吉酱在床上躺下了。显然，他不打算和我们一起吃饭。

杰斯问他的朋友："你也一起来吗？"

"好呀。"

"你不用先问问你妈妈什么的吗？"我问那个男孩。他看起来似乎比杰斯小一岁，黑头发，蓝眼睛。

"她今天要收割，我爸爸也是。"

米克在门外等着，于是我们都走到前台，去打听有没有什么推荐的餐馆。他们说应该由我去问前台，因为我的美式英语说得最好——"最会说话小姐"。于是，我走进空无一人的办公室，靠在柜台上，喊道："有人吗？"没人答应，我便轻轻按了一下呼叫铃。还是没人来，我更用力地按了一下。

一位老人走了过来，看上去几乎满脸疑惑。他有可能一整天都没和人说过话了。

"能不能为我们推荐一下附近的餐馆？"

他看上去似乎在思考。终于，他回答道："可选的不多，蒙蒂餐馆估计是最好的了。毕竟一分钱一分货嘛，那饭菜已经不错了。"

这可算不上什么推荐，不过，既然那就是镇里最好的餐馆了，也就凑合一下吧。老人把蒙蒂餐馆的地址告诉了我，然后我们就开着皮卡到了镇子的另一头。蒙蒂餐馆是一家自助餐馆，提供墨西哥铁板烧、肉糜糕、意大利粉、乳酪，还有其他主菜。意大利粉和乳酪的表面看上去很干，所以我点了墨西哥铁板烧。做墨西哥铁板烧只需要弄点儿肉和蔬菜，然后煎好就行了，所以我知道，这肯定不会做得太差。

好吧……没想到这儿的墨西哥铁板烧竟然这么难吃，我真不知道该怎么做才能弄出这么难吃的墨西哥铁板烧，做这道菜的人肯定拥有某种做黑暗料理的特殊天赋。菜里面还放了某种陌生的奇怪香料，可是它和其他的东西一点儿都不搭调，就好像往冰茶里放盐之类的东西一样，完全没有道理。每人收费七点九九美元，从我吃到的东西来看，这钱花得可不值。不过话说回来，这还是比变味的什锦糖果要强一点儿，而且能填饱肚子。"意粉和乳酪怎么样？"我问杰斯。

他没有回答，他在吃东西的时候通常非常专心，有时会听不到你在说什么。

"意粉和乳酪,"我又问了一遍,"怎么样?"

"我在思考,"他说,"找不到合适的词来形容。"

"这不是吃的东西。"欧巴酱说。

"那是什么呢?"我问。

"不知道,"她回答,"让我想想。不是塑料,不是土,不是泥,也不是蜡。"她看着我,又说了句:"你的问题问得好,我得好好想想。"

"我一直在想,"杰斯的朋友说,"我们也许可以用你的乐高积木搭埃菲尔铁塔。"

"好主意。"杰斯说。

我决定还是把盘子里的菜吃干净,因为我知道等待我的将是漫漫长夜。而且,以前我就参加过帮收,我知道就算是餐馆里的饭菜也必须老老实实地吃下去。

米克吃得最安静。爱尔兰伙计们都有点儿腼腆,只有他们聚在一起时话才多一点儿。我想了想,发现我们在帕克夫妇面前话也不多。毕竟,要想跟一天十六个小时都管着你的人聊开,并不是件容易的事情。

和平时一样,欧巴酱吃饭时老是用整只手握住叉子,吉酱也是这样拿叉子。我决定试试这种拿法,结果发现,用这种拿法吃东西,比用规范的拿法对我来说更顺手。这时,欧巴酱的目光落在了我手上。她张开嘴正准备说什么,我赶紧换成了正确的拿法。然后，她闭上嘴，继续吃她的饭。

　　吃完饭，我们走出餐厅，回到外面暖洋洋的空气之中。米克说："看来我只能感受到美国火热的一面了，是吧？"

　　"收割季很热。"欧巴酱礼貌地说。她提着剩菜，准备带回去给吉酱吃。

　　欧巴酱先把米克送到了农场，再载着我们返回汽车旅馆。她说："明天我去一趟商店，然后给米克做三明治。"

　　电视上正在播放一档制作美食的节目，这和我们怎么给收割队做饭绝对没有半点儿关系。女厨师正在干净利索地往一个大浅盘上摆放食物。两个男孩似乎看入迷了，我就没有换台。

　　我听见吉酱和欧巴酱在小声地说着什么。然后，欧巴酱宣布："现在我总算知道在餐馆里吃的是什么了。你们的吉酱说，要是在做菜时放进去恨，人吃了就会死；放进去爱，人吃了就更有劲。蒙蒂先生往食物里放的是冷漠。今天我学了个新词：冷漠。我觉得蒙蒂先生可能在食物里放了两三个冷漠吧。"

　　吉酱睡着后，欧巴酱回到田里，把半挂车开去了谷仓。比起关在发霉的旅馆客房里，我现在真巴不得去操作联合收割机。不过，欧巴酱要是知道我昨晚开过收割机，肯定会恨不得杀了我；要是知道我还把麦子倒在地上，堆成了一座山，肯定更想要我的命。所以我今晚别无选择，只能等大家都睡着了再溜出去。

两个男孩子看腻了美食节目后，就忙着张罗他们的埃菲尔铁塔工程了。首先，杰斯的朋友画了一张铁塔的画，虽然谈不上博物馆级的作品，但也画得相当好了。接下来，他们两人端详着画，仿佛陷入了沉思。杰斯的朋友甚至闭上了眼睛，可能是在脑海里描绘塔的模样吧。我真希望能够把他带回家，那样杰斯就再也不会孤单了。

他们的心思完全专注于塔上面，偶尔讨论一下技术细节。终于，在晚上九点左右的时候，杰斯的朋友说："我得回去了，我的父母差不多就要回来了。明天见。"

"好的。"杰斯说。

他们击掌告别。我站在外面，确保那个男孩平安地回到他的房间。回到我们的房间后，我问杰斯："他叫什么名字？"

"不知道。"

"你和他待了那么久，连他叫什么都不知道吗？"

"没谈到这上面。"

"好吧，那他有没有问你叫什么？"我问。

"我说了，没谈到这上面。"

"可是，弄清楚别人的名字，这是和别人接触之后最先要做的事情之一啊。"

"谁说的？"

我又看了看他，然后放弃了。他怎么交朋友是他的事情。

明天会有好运气

198

两个小时后，欧巴酱回来了，而且一进房就躺在了地上。我惊讶地发现有一滴泪滑过她的脸颊。也许只是汗珠？

"欧巴酱，你没事吧？"我问。

"别惹我，"她严厉地说，"快去睡觉，不然我罚你禁足。"

"可让我禁足的罪名是什么呢？"

她没有回答，这可不像她。那滴泪让我忐忑不安，如果那真的是泪水的话。我不知道究竟是怎么回事。

我把我的书和文件夹一股脑儿都带进了卫生间，可是我一本也没翻开。我在里面似乎呆了很久很久，梳理发结，剪脚趾甲，总之想到什么就做什么，只要能打发时间。我又涂上更多的避蚊胺，虽然这么做（一如既往地）违反了好几条美国环境保护署关于避蚊胺的使用规定。这些规定是：

> 阅读并遵循本产品标签上所有的使用指导和警告。
>
> 对于裸露的皮肤或衣物只使用适量的驱虫剂。
>
> 不要涂抹于衣物内侧。
>
> 避免对本产品过度使用。
>
> 不要在封闭的区域喷洒。

之后，我还会违反这条规定：回到室内后，用肥皂和水清洗涂用过本产品的皮肤。

如果我会因为直接与避蚊胺接触而死掉的话，但愿在那之前我已经变得不怕蚊子了。

言归正传。在我听到电视机被关闭之后，大概又过了二十分钟，我踮着脚走进房间。"杰斯？"没人答应。

"吉酱？"也没人答应。

"欧巴酱？"哼都没哼一声。

在确定自己带上了房卡和手电筒后，我和闪电一起溜出了房间。

第十六章
夜空、星星还有麦子

做你力所能及的事。
——爸爸

有了手电筒，今晚走起路来自然就没那么害怕了。爬进联合收割机后，我马上就抓起电台，对米克说："我来了。"

他只说了声"萨默"。

"对，是我。"

"今晚倒麦子的时候小心点儿。"

"我会的。米克？"

"嗯？"

"谢谢你昨晚帮我。"在脑海里，我同时也在为之前讨厌他，还有希望他从货车上摔下来的事道歉。

"小事。"

闪电软绵绵地躺在我脚边，这时我按了两下喇叭，发动了收割机。我开始觉得，我们正置身于我们专属的世界里，我感到很安全，就像杰斯在家里的床上感到安全一样。他可喜欢他的床了。我之所以知道这一点，是因为他把自己所有的宝贝东西都放在那张床的床头板上。他更喜欢我们以前住过的一幢房子，从那时起就保留着一把钥匙。他还保留着一本他做完了的数独书，以及一盒他最喜欢的乐高人仔。

我突然意识到，自己竟然在一边驾驶联合收割机，一边开着小差。从我的控制装置上来看，麦子的湿度是十一点五，状态依然完美。闪电在睡梦中发出呜咽的声音，米克则在麦田远处的那一头，淹没在漫天尘土之中。

时速两英里时，我开起联合收割机来信心十足，可是一旦上了三英里，一切似乎都要变得几乎失控。看来，时速两英里就行了。

我想小便了，于是停下收割机，溜到一片对着空荡荡的公路的地方。回来后，我听见米克在电台里问："一切都还好吧？"

"是的。"我回答，然后加了句"收到"，因为我看一部电影里是这么说的。我把昨天的过错抛在了脑后，就像杰斯困在某件事里出不来的时候，吉酱有时对他说的那样："看开点儿，看开点儿。"起码农场主好像还没注意到那个问题。

今晚我开工的时候集谷箱是空的。我开得很慢，有时时速甚至还不到两英里。我既想让它装满，又不想让它装满。我甚至希望联合收割机出故障，那样我就不用卸谷子了，帕克夫妇也不可能生气了。等我的集谷箱装满时，米克已经卸了两次谷子了。

我把收割机开到了半挂车那里。我回想着自己的一生，除了得过疟疾外，其实没那么多事情可想。我在堪萨斯州出生，现在还是住在堪萨斯。我上学，讨厌做作业。我妈妈很宽容，欧巴酱很严厉。我每星期有三美元的零花钱。

我把螺旋输送机移到了运谷挂车的上方。然后，我关掉收割机，走出驾驶室，到平台上面去看。螺旋输送机的确在挂车上方，但是离边缘很近。于是我回到驾驶室，按了两下喇叭，又把联合收割机发动了。我收起螺旋输送机往后倒车，然后开得离半挂车更近了一点儿，近得让我都有点儿想吐了。我知道这台收割机上那标志性的"约翰·迪尔"绿色漆面光滑锃亮、完美无缺，我可不想成为那个把它刮坏的人。不过我走出去一看，收割机靠得并没有我想象得那么近。

我按下油门控制板上的"伸出螺旋输送机"按钮，然后去按油门杆上的另一个按钮。这个按钮够起来要稍微困难一点儿，这是为了防止行驶过程中无意中碰到，导致谷子丢失。在我卸谷的过程中，一个报警器一直在响，它的作用是告诉操作者螺旋输送机正在运作。控制装置告诉我收割机卸空后，我又把同一个按钮按了一下，接着又按了"收回螺旋输送机"按钮。我发现自己竟然大气都不敢出，于是，我呼了口气，然后深深地吸气，嗅着收好的麦子那甜美的芬芳。

我拿起电台，兴奋地对米克说："我成功了！我把整箱麦子都卸空了，没有一丝差错！"

"干得漂亮！"他回应道，"你能不能再把你旁边那一小块地收了？田地的形状有点儿奇怪，对吧？"

"明白了，"我说，"收到。"

成功了。我成了一个联合收割机驾驶员，不过我开得这么慢，也许只能算三分之一个联合收割机驾驶员吧。我试着在脑海里心算这道算术题，然后发现自己竟然能够清晰地思考了。既然优秀驾驶员开收割机的时速是五英里，而我是两英里，那我应该可以算合格程度百分之四十左右的联合收割机驾驶员吧——对一个十二岁的女孩子来说已经不错了。

"萨默？"

我拿起电台，问："嗯？"

"我得去谷仓卸谷子了，这个周末会下雨，所以他们现在延长了工作时间。你想不想跟我一块儿去？你一个人待在这儿没问题吗？"

我没有马上回答，而是审视着自己的内心。然后，我发现继续收割的愿望战胜了落单的恐惧。

"萨默？"

"不用了，我就在这里干活，没事的。"

可是在他驱车离开一分钟后，我的心却开始扑通扑通狂跳起来，孤身一人的恐惧感突然攫住了我。我把收割机调到怠速挡，看着大货车的尾灯消失在远处。我一动不动地坐着，然后关掉了点火器。我趴在方向盘上，脸贴着胳膊，紧紧闭上双眼，我真的好怕好怕。我想起了几年前的一个夜晚，那时我养的一条狗在公路上被货车撞死了，我抱着它，感觉失魂落魄。我当时的感受是这样的：仿佛一切真实的东西——比如黑色的夜空、星星，还有麦子——都开始融为模糊的一团，只有我和我的狗清晰可辨。扑通，扑通……我看着闪电，说："闪电，救救我，我好害怕。"它好奇地抬起脑袋，然后坐起来，把爪子放在我的腿上。

我忍不住抽泣起来，可我马上意识到，我哭泣并不是因为害怕，而是因为吉酱和欧巴酱那么努力地工作，因为杰斯在学校交不到一个朋友，因为我父母是那么渴望自己创业，而这个愿望也许永远都实现不了。

我蜷缩在驾驶室的底板上，把闪电抱进怀里。抱着它，我的心中涌起了某种东西，也许是勇气吧。我的意思是，黑色的夜空、星星，还有麦子——这可是我的世界呀，我对这个世界上上下下，前前后后都了解得一清二楚。我坐回驾驶席，环顾着周围的麦子。这时，我感到了某种变化：我性格中的尘埃开始落地了，恐惧也消失了，取而代之的是昨天那种无与伦比的机敏。

我打开点火开关，继续干起活来。

装满集谷箱后，米克仍然没有回来，我只好关掉收割机等他。

一个小时后，他回来了，然后在电台上对我说："我回

来了，在谷仓那边排了会儿队。你装满了吗？"

"是的。"

"那我来替你卸谷子吧。要不，你回旅馆去？我自己都打算收工了。"

"需不需要我帮你清洗收割机？"

"不用，你快回去睡吧。"

"好的，晚安！"我说，整个人顿时变得欣喜若狂。今天我一点儿失误都没有！真想跳起来摸一摸天空。

我把联合收割机停到之前停着的地方，然后走回了旅馆。

我的一只拖鞋断了，只好光着脚丫走在路中间，以免踩上碎石。我走在路的正中间，这样让我有种在欢庆或者在演电影之类的感觉。我开心极了。我爱这户外的万籁俱寂，爱这拂面而过的清风，爱这路面软绵绵的触感，就连碰到脸上的小虫也像雪花一般可爱。

回到汽车旅馆后，我偷偷溜进房间。就连欧巴酱似乎也很快睡着了。我没有洗澡就换了件 T 恤——糟了，环境保护署！——然后我舒舒服服地上床挨着杰斯躺下，闪电跳到我身上。过了一个小时，我还是兴奋得睡不着，于是干脆放弃了睡觉的打算，拿上房卡出去看星星了。闪电也跟了出来。

我惊讶地发现，米克竟然坐在路沿上。"你洗完收割机了？"我问。

他摇摇头说："水喝完了。"说着，他拿起从自动贩卖机里买来的两瓶水喝了一大口，接着说："今晚你干得不错，估计你外公外婆还以为我是割麦子超人呢。"

"谢谢你。"

他深深叹了口气，然后抬头望着星空，又叹了口气，说："我的姑娘在还爱着我的时候，给我做过一床星座图案的被子。她用起缝纫机来手可巧了。"

我没有做声。

"我本来想和她结婚的。"

"她不爱你了吗？"

他摇摇头，看起来伤心极了，两手揉着脸，指头扎进了头发里。

我不知道说什么好。这种事情我知道的可不多，只有跟罗比的那段短暂经历。于是，我只好说："真遗憾。"

"你不必感到遗憾。来到另一个大陆已经让我的注意力从她身上转移了不少。"他站起来舒展身子，"我得去把活儿干完了。"

"好的，那晚安喽。"我说。

"好好休息。"

我走回室内，回头看时却发现米克又坐了回去。几片薄云飘过月亮，很快就要下雨了，希望我们能及时收完庄稼。如果成功的话，那可是我的功劳——至少部分是的。我不禁露出了微笑，但旋即又感到内疚，因为我在米克那么伤心的时候竟然开心得起来。想到这里，我轻轻关上了门。

我悄无声息地走了几步。

这时，黑暗中传来一个声音，原来是吉酱："你把我弄醒了。"

"对不起，"我说，"我已经很小心了。"

"人在生病时是睡是醒没多大区别。"

"你还是病得很厉害吗？"

"你用了'厉害'这个词。"他思考了片刻，"不，我病还没好，但已经不'厉害'了。"

"好点儿了？"

"对，我觉得好点儿了。"

"我刚才出去透了透气，发现米克坐在外面，我们就散了散步。真抱歉把你吵醒了。"

"我感觉你走进来了，不是听到的，就是这把我弄醒了。"

"欧巴酱之前在哭？"我失口问道。

"她很伤心。"

"因为我们经历过的那些倒霉事吗？"我问。

"不是。今天在联合收割机里，她说你这么快就长大了，然后就哭个不停。"

我不解地看着他：那是什么意思？

就在这时，欧巴酱在睡梦中发出了咯咯的笑声，肯定是梦见《美国家庭搞笑录像》了，她说那是她唯一会梦到的东西。然后，我想起了另一件和长大有关的事情。

我突然问："吉酱，人在只有十二岁的时候会坠入爱河吗？"

"会，但那种爱只会远去，不会长留。"

"为什么不会长留呢？"

"问这个干吗？你想结婚吗？"

我认真思考了一番，说："不是，应该还早吧。我是说，还得等……大概……二十年吧。可是……可不可以谈恋爱，但不想结婚呢？"

我听见他喉咙里小声咕哝了一声，吉酱在冥思苦想的时候，有时会发出一种轻微的吱吱声。"昙花一现的爱情是很美的东西。在日本，人们用'转瞬即逝'来形容短暂的事物。转瞬即逝的事物很美，比方说樱花，美得无与伦比。"

吉酱停顿了片刻，接着说："侘寂也美，另一种美。"有一次，吉酱要我看一个他录下来的电视节目，那是英国广播公司播放的一个关于侘寂的节目。侘寂究竟是什么很难说清楚，这是因为，假如它可以言说，它就不可能是真正的侘寂了。侘寂似乎对日本人来说很重要，可是几乎没人知道它究竟是什么，它大概是说粗糙的外表之下也可以有美和高贵。"另外，婚姻就像伊势的神宫一样，虽然有几百年历史，但在这几百年间，每隔二十年就得重建一次。在昙花一现的爱情里，没有重建。"

"要是我告诉你一件事情，你能不能保证不告诉欧巴酱？"

"我郑重宣誓。"

"我觉得我和罗比·帕克有过昙花一现的爱情。"

"我的初恋是秋子，那时我和你一样大。"

"你们的感情持续了多久？"

"五个星期。我和她从没当面说过话，但是我恋爱了。"

"后来为什么不爱她了呢？"

"兰花很有意思，它可以活很多个月，而有些樱花只开一个星期。她就像樱花。"

"你是说你们的爱慢慢枯萎了？"

"不是枯萎，是凋落。"

"为什么会凋落呀？"

"我也不知道，也许是风刮的。"

接着，我纯粹出于八卦地问："你爱欧巴酱吗？"

"上帝安排我们在一起，那比爱更大。我给你们讲个故事，杰斯要听吗？"

"要。"杰斯回答。

"你没睡！你骗我！"

"我没骗你，又没人问我睡了没有。"

"听故事。"吉酱说。他清了清嗓子，娓娓道来："有一天，哥哥和我有很多活要干，但是我们决定开溜，出去玩一天。我们带上钓竿去了湖边，钓到了好多鱼。天气宜人——

阴天，所以不热，但又没有冷到要穿运动衫。哥哥和我经常吵架，但是那天我们就像最好的朋友一样。后来我们回到家，说：'看看咱们钓的鱼！'我们激动得不得了。但是，我们那天没有做杂务，所以爸爸拿软鞭子抽了我们的腿，抽得我们直哭。哥哥挨的打更多，因为他比我大。哥哥后来活了将近七十岁——相当于两万五千多天。他去世的时候我陪在他床边，他问我：'还记得我们溜出去钓鱼的那天吗？'我说我记得清清楚楚。他又问：'那天是不是很好玩儿？'我说'是的'，然后他就死了。哦呀斯密。"

"哦呀斯密那塞伊，吉酱。"杰斯和我一起应道。

我把门又推开一条缝，眯着眼往外看，发现米克还在路沿上坐着。我观察了他很久。过了一会儿，他抬头望向远处的什么东西，我扭头一看，原来是两辆并排行驶的联合收割机，它们的大灯将黑夜照得如同白昼。米克远渡重洋是为了来驾驶联合收割机，同时忘掉他心爱的女孩。我不由得感到惊讶。我惊讶的是，繁重的劳作原来看起来那么优美：两台收割机一前一后地缓缓移动，月亮高悬于农田之上，这就是"侘寂"。

我知道，就算我现在出去和米克说话，也不会让他心里好受一些。一个十二岁的小丫头在他看来算什么？我爱莫能助。这和我们无法帮助杰斯在学校交到朋友，和我无法仅凭一声"你好"就改变詹森的生活是一样的。然而，就像爸爸说的：“做你力所能及的事。”也许我还会跟詹森讲话，也许回家后我还会继续为杰斯物色朋友。

我回到床上。脑袋一碰到枕头，我便意识到一件事情：我们家倒霉的一年已经过去了，它从我患上疟疾开始，然后结束于此时此地。也许我先前就已经知道了，所以才会兴高采烈地走在公路中间吧。总之，我得睡一会儿，因为明晚还有一个漫漫长夜在等待着我。我闭上眼，看见割台在眼前转啊……转啊……转啊……

图书在版编目（CIP）数据

明天会有好运气 /（美）角畑著；柳漾译；一昆明：
晨光出版社，2015.4（2022.1重印）
ISBN 978-7-5414-7054-7

Ⅰ.①明⋯ Ⅱ.①角⋯ ②柳⋯ Ⅲ.①儿童文学－长
篇小说－美国－现代 Ⅳ.①I712.84

中国版本图书馆CIP数据核字（2015）第044544号

著作权合同登记号 图字：23-2014-110号

明天会有好运气
THE THING ABOUT LUCK

出 版 人 吉 彤

作　者　〔美〕辛西娅·角畑
翻　译　柳漾
绘　画　陈伟
项目策划　禹田文化
责任编辑　李 政　常颖雯　付凤云
美术编辑　刘璐　沈秋阳
封面设计　萝卜
内文设计　袁芳

出　版　云南出版集团 晨光出版社
地　址　昆明市环城西路 609 号新闻出版大楼
邮　编　650034
发行电话　（010）88356856 88356858
印　刷　固安兰星球彩色印刷有限公司
经　销　各地新华书店
版　次　2015 年 5 月第 1 版
印　次　2022 年 1 月第 15 次印刷
开　本　145 毫米×210 毫米 32 开
印　张　7
ISBN　978-7-5414-7054-7
定　价　20.00 元